向日葵之梦

XIANGRIKUI
ZHI
MENG

林初 ◎ 著

百花洲文艺出版社

BAIHUAZHOU LITERATURE AND ART PRESS

图书在版编目（CIP）数据

向日葵之梦 / 林初著. -- 南昌：百花洲文艺出版社, 2023.7
ISBN 978-7-5500-5185-0

Ⅰ.①向… Ⅱ.①林… Ⅲ.①长篇小说 - 中国 - 当代 Ⅳ.①I247.5

中国国家版本馆CIP数据核字（2023）第106280号

向日葵之梦
XIANGRIKUI ZHI MENG

林初 著

出 版 人	陈 波	
责任编辑	蔡央扬	
书籍设计	黄敏俊	
制 作	何 丹	
出版发行	百花洲文艺出版社	
社 址	南昌市红谷滩区世贸路898号博能中心一期A座20楼	
邮 编	330038	
经 销	全国新华书店	
印 刷	苏州彩易达包装制品有限公司	
开 本	720mm×1000mm 1/32 印张 8	
版 次	2023年7月第1版	
印 次	2023年7月第1次印刷	
字 数	160千字	
书 号	ISBN 978-7-5500-5185-0	
定 价	42.00元	

赣版权登字：05-2023-140

邮购联系 0791-86895108
网 址 http://www.bhzwy.com
图书若有印装错误，影响阅读，可向承印厂联系调换。

目 录

楔　　子

夏夜，蝉的鸣叫声此起彼伏，如果说白天烈日下的蝉鸣是巨大的交响乐，那么夜间的蝉鸣便是小夜曲，在静穆的黑暗下婉转地升腾飘扬，弥漫在城市上空，流淌在五光十色的空气里。黄浦江浩浩汤汤，氤氲在雨季的水蒸气裹挟着轻快的节奏，将城市的情绪热烈地推向天空。到了外滩繁华处，蝉声便逐渐销声匿迹了，取而代之的是嘈杂的说笑声、汽车行驶在路上的噪声、餐厅里放出的音乐。各种声音交织变调弹出一曲欢快的节奏，这节奏在天空中变换升腾，长出了双腿，沿着金茂大厦、环球金融中心溜到了上海中心大厦，扶摇而上，将整个外滩奢华而又热烈的节奏推到了"三件套"附近的一幢高楼中。

这里的宴会厅，"凡尔赛"有余，文化感不足，因此好场面讲排场的人往往喜欢这里。

大厅看起来金碧辉煌，那一簇簇一丛丛三个八个挤在一起的，是今天来捧场的宾客，美衣华服，五彩缤纷，笑着闹着，谈天说地。小伙子们夸张地描述着最近的新奇体验，手舞足蹈，微不足道的小事儿偏要挣了命地显摆两下，硬生生给自己的歪理邪说证明出一番深刻的道理，以此来吸引女孩们的注意；女孩们身着华服美衣，精致的脸蛋本来就是招牌了，再加上手上的名牌包和一身的奢侈品点缀，场面瞬间靡丽高端了起来；中年阔佬客客气气地表面上互相恭维着，暗地里谁都看不上谁。游走于这些主角间的服务员们，仿佛另一个世界的边缘人物，他们关注着每个"主人"的一举一动，忙忙碌碌像蚂蚁一样，辛勤地满足着各位的需求。

从宾客的穿着打扮来看，今天的婚宴的主角不是一对普通人，这场婚礼虽然规模不大，可是场面低调奢华，此刻整个宴会沉浸在一种热烈的喜悦中。

"有人坠楼了！"人群中突然传来一声惊呼。

宾客们呼啦一下全部涌到了落地窗边，黑漆漆的窗外飘着雨，从高处望隐隐约约看到马路上被车和行人围成的一个圈。

乔悠第一时间赶到现场，当看到尸体的一刹那，本就布满血丝的双眼又爬上了惊恐，瞳孔瞬间放大。镜头拉近，地面上的尸体，大概由于降落时头部先着地的原因，头盖骨被摔裂成了两半。场面触目惊心，人群中发出惊叫，有两个妇女直接吓晕了过去。

整个宴会厅似乎也受到了坠楼事件的影响，虽然音乐依旧，可掩盖不住忧伤惊恐的氛围，正当大家就席准备观看今天隆重的婚礼仪式时，司仪出来宣告今天的婚礼取消了。众宾客诧然，訇的一声纷纷议论了起来，狐疑诡异的气息从人群中间爬满整个房顶，新郎新娘始终没出现，新人的家人也都是神色匆忙、未做解释、面色凝重地离开了婚礼现场，只留下无数张茫然的脸，似乎今天的婚礼和刚刚的坠楼有着什么关系。

月亮篇

一

1.

从纽约游学回国后第三天，也就是此刻，全球爆发了新冠疫情。

"我可真惨哪！"叶田田心里想，"不知这样的日子什么时候能够结束。"

本科毕业后她工作三年了，突然发现自己在人才市场的竞争力不上不下的，向上无能，向下不甘，创业未果，求职瓶颈，于是产生了出国深造的想法。她本科金融，选来选去，还是觉得读个MBA最合适，而GMAT是申请MBA必须通过的考试。可是这个考试她已经考了五次了，分数仍然不够申请及格线，这个考试一个人一辈子的机会只有八次，由于前五次的打击，她对剩下的三次也不是很有信心。

她走到阳台上盯着远处的黑暗发呆，楼下湖边的天鹅在睡觉，远天完全看不到要亮起来的样子。她经常会想：有没有人跟自己一样，经常在这个时间睡不着，沉浸于和黑夜融为一体的感觉，无比自由。她暗自叹了口气，自己真的不是学语言的料，托福考了四次依然上不了八十分，GMAT就更是不行，她感觉留学深造这条路就像远方黑暗夜空中怎么也看不见的星星，这辈子无法企及。

在上海的夜晚，她几乎没见到过星星，这个城市似乎只有霓虹，没有星光，黑夜不会彻底地黑去，白昼也总被蒙上一层灰色。自己的未来好像眼前的城市夜空一样，黑衣外裹着红色的纱，迷雾一般看不清方向。

这一年来她脱产复习怎么也出不来个结果，积蓄已经花得差不多，再去找工作又忧心忡忡，与找工作这个行为的难度相比，更难的是面对找工作失败的那种沮丧。留学：语言成绩不行；找工作：又不知现在已经被打折到了什么程度，她有些不敢面对现状。在这种压抑和悲伤的情绪中，她渐渐地睡着了，还做了一个梦，梦里的她在全世界打工，上一秒是餐厅服务生，下一秒就带客户看项目，不停地干活、交谈、思考。她感到精疲力尽，梦境好像真实的一样，她感觉自己累瘫了。第二天早晨醒来，她感觉到喉咙难受，浑身无力，做什么都软绵绵的，好像发烧了，于是又无力地躺了下来。她就这样僵躺在那里，梦境不放过她，现实也不放过她。

"要不送到医院去吧！"父亲说。

"再观察一天。"母亲的眼睛有些红。

叶田田躺在床上听到了这句话，她鼻子酸酸的，很想哭，自己快三十的人了，还总让父母操心，不结婚不工作，现在又躺在这里像个死人。悲伤加上发烧让她更加难受，她感觉眼前都是红彤彤的，世界是烫的，渐渐地又失去意识。

再次醒来，她感觉到头剧烈地疼痛，好像要裂开了。她疼得哭了出来，绝望得不行，觉得自己一无是处，连病魔也无法克服，沮丧填满了她的整个心灵。她感受到面前两个老人的苍老，自己的无力，世界灰突突的，和美颜相机里的完全不同，也许这才是真实的，照片里的美化过的世界，只是瞬间的谎言。

她无法再忍受躺在床上，于是母亲陪她到楼下散步。

"妈，"叶田田在楼下突然走不动了，"你后悔生了我不？"她越走越无力，头痛到看眼前的事物都在柔软地流淌，觉得自己对不起家人，于是问出了这么一句。

"你这孩子问什么问题呢？！"母亲的声音带着焦急。

"我觉得我没用，工作不行，年纪这么大了，也没结婚，从小到大光给你添麻烦。"

"你这孩子说什么呢？！妈妈最不后悔的就是生了你，再也不要问这种问题。"母亲抱了抱她，"你是妈妈的骄傲。你的任务不是生小孩，不是赚大钱，也不是多优秀，你的人生任务是健康快乐幸福地活着，只要你好，我和爸爸愿意付出一切。"

母亲上前抱着她，她感受到母亲身上的乐观和生命力，觉得非常有安全感，本来觉得很惨的自己现在也没有那么惨了，她好奇母亲怎么总是在自己生命中扮演很勇敢的角色。她拉着母亲的手继续散步，想着大概很多时候母亲也都没有那么勇敢，可是因为有了自己，妈妈就在很多时候都表现得很不怕的样子。小时候就是这样，遇到可怕的事情，母亲总是会先开导叶田田，那些话更像是说给母亲自己听，好像安慰叶田田的同时，母亲自己也没有那么害怕了。"妈妈可真是会自欺欺人啊，等我好了，还不是会唠唠叨叨让我结婚。"叶田田这样想，可是母亲的话帮她退去了绝望情绪，她感到释然，自责也少了很多。"如果妈妈真的期盼我幸福，我就要健健康康的。"可幸福，是个多抽象的词汇，这么多年了，她有时会觉得幸福，可大多数时候，她也不知道自己在干吗，只是生活的随波逐流客。

散完步，叶田田回到家立马倒在床上，像小猪一样又呼呼大睡了两天，感冒就痊愈了。身体的病痛和悲伤的情绪就像阴雨天，希望的阳光站在乌云背后，晴天总会到来。

这两天睡了太多的觉，叶田田有些失眠。于是打开手机准备随意浏览，突然看到了某个社交软件。叶田田没怎么谈过恋爱，这款软件是叶田田一个认识了多年的"男闺密"推荐她的，说上面的男孩子还比较"有魅力"，说不定能找到结婚对象。

她第一次使用这个社交软件，感觉什么都很新奇，在刷"广场"的时候，一个非常帅气的男孩子吸引了她的注意力，他看起来高大纤细、眼神凌厉、鼻梁高挺、皮肤白皙，尤其是他身上有种说不清的冷酷忧郁，又有着像妖孽一样的多情柔美，那一眼便吸引了叶田田的目光，于是她便点开聊天页面。

"你好！"叶田田主动打了招呼。

"你好！"他竟然回复得很快。现在是清晨六点，这个时间在线，要么就是和她一样失眠，要么就是在国外，她在"广场"上看到了很多在国外的小伙伴。

"怎么不睡觉？"叶田田问。

"失眠。"

"你那里几点？"

"下午三点。"

叶田田翻开世界时钟。

"温哥华，鉴定完毕。"叶田田喜欢交世界各地的朋友，因此手机常备许多地区的时间。

"好准！我在倒时差哎。"

叶田田去刷了下他的"瞬间"，全是他的照片，其中有一条"瞬间"是一张他穿黑色衣服的照片，配上文案："一身黑有人追。"

"他是不是希望有人追他啊？"叶田田心里想，"他看起来和我一样孤独可怜。"

她关闭手机，打算起来复习一会儿英语，可是在翻开书的一瞬间，就觉得英语书在嘲讽和鄙视自己，于是便又拿起了手机。

"不如我追你吧。"消息"噌"的一声发给了对面男孩子。

"这么直接！！！"

"对啊，这软件不就是用来找对象的？"

"那我有个问题哦。"

"你说。"

"你的理想是什么？"

这个问题实在是太大了，怎么会有人上来就问理想，男生不都是只关注女生长得好不好看、身材好不好、处过几个男朋友这类问题嘛，对面这个男生怎么不按套路出牌？

"我的理想呢，就是和世界上最帅的男孩结婚。"

"认真一点！"

"好吧好吧。应该是搞教育吧；或者成为一个优秀的企业家，把我曾经创业的公司做好；传播中国哲学。我关注这几个问题已经很多年了，我觉得我们国家有很多很好的哲学，一点不比西方差，要好好解读传播。"叶田田话匣子一打开，就有点停不下来。

"嗯，这些理想非常好，你还创过业？"

"对啊。"

"我也创过业，服装设计公司，不过失败了，我在国内的时间比较短，有两年在国内做了个服装设计公司，但设计款式总被抄袭，就关了。"

"没事，你再回来我帮你，东山再起。"

"说得容易，那万一再起不来呢？"

"那就西山再起，南山起、北山……"

"然后还有泰山、嵩山、武夷山、黄山、华山、武当山，哈哈哈哈哈。"

"对啊，中国的山这么多，说不准就在哪个山头儿起来了。"

"你很有魅力。"说完这话，对面"唰"地发过来一张黑白照片：一个锅盖头有着莱昂纳多忧郁气质的帅哥搂着一个美女。

"这谁啊？好帅。"

"换张照片就认不出我了？"

"你咋又发照片，广场不是有嘛。"

"介绍下我妈。"

"你妈这么年轻！还这么好看！现在就介绍家长是不是快了点？"

"你先追的我，现在又嫌快！你这人！"

"啊，我不是这意思，我是说……"叶田田半天也不知道怎么解释。

"你说什么？"

"搜罗不到借口，你来帮我解释下吧。"

"哈哈哈，笨死了。一看你就没怎么谈过恋爱。"

"我谈过很多啊！"叶田田有些不甘示弱。

对面发过来一个白眼："你这双商，还想泡世界最帅的男人？我问你，你追过帅哥吗？你了解男人吗？你是拿我来当小白鼠是吗？"

"那我泡不到，我想一下都不行吗？我没追过男人，就不能瞻仰男神吗？我不了解男人，我给男人机会了解我不行吗？在别人那里你是小白鼠，在我这里你是白马王子啊！"

"哈哈哈哈！可以。尴尬的彩虹屁我收了。"

"及格没？你给我打多少分？"

"九分吧。"

"剩下那九十一分哪去了？"

"满分十分啊哈哈哈，剩下那一分怕你骄傲。"

"那还不错。"

对方突然又发来一张他与母亲的合照。

"你为啥要发你妈的照片给我？"

"要不是有点了解你了，还以为你在骂人，万一哪天不小心被你泡了，先让你看看婆婆长啥样。"

"哇，那你再发几张。"

"不发了，今天可以了。睡吧，憨憨，梦里啥都有。"

"哦好的，晚安。"

看着对面头像暗了下去，叶田田觉得脑子有点晕，也有点蒙，但是感觉又很幸福。她听过夸女孩子美、温柔、可爱的，可是怎么到了自己就成了憨。欻？她好像找到幸福了，只是有些不确定。觉得欣喜又激动，这一切对于她来说也是第一次。晚上她刷了这个帅哥的照片很多次，他看起来是很帅，极品大帅哥，眼神很犀利很酷，但是也很忧郁。男孩在临睡前还更新了动态："我知道有人是爱我的，可我好像缺乏爱人的能力。"

这是太宰治《人间失格》中的一句话。叶田田望着那句话拿起了书架上的《人间失格》——这本她没看完的书。心思细腻敏感的男主人公，和一心求死的女主人公，叶田田不明白：明明可以相约一起好好活，却非得拉彼此入地狱。心里的血被抽干，眼里的泪流成大海，世间始终没有他们想要的答案。

也许心灵死去，肉体才能重生。叶田田更愿意相信这一切只是作者的幻想，而不愿看到作者用生命诉说了这样疼痛的真实。可是作者在写完这本书后真的自杀了。

叶田田感到害怕，她似乎在对面男孩的眼神里嗅到了同样的气息，她很怕他的心也在地狱里熬。"如果他在地狱里，而我能够看到他，那此刻我在哪里呢？"

第二早晨刚一睡醒，叶田田发现男孩子在朋友圈发了一段视频，他穿了一件黑皮衣，脖子上扎了一条豹纹丝巾，头发梳成了中间长两边短的潮男发型，看起来充满野性，有点痞帅还很酷，眼神忧郁表情霸气，她心里想"怎么这么帅！"于是默默地点击保存了视频，在反复看了三十多遍之后，男孩子发来了微信。

"你在干吗？"

"备课欸。"

"网课吗？"

叶田田发了一张截图给他，那是GRE的数学课程。为了激励自己学英语，她顺带做了GRE数学的老师，这条学英语的战线算是被她拉长了。叶田田从小到大，数学都很好。

"看起来，挺厉害的。"

"对了，你叫什么？"

"我没告诉过你？"

"没。"

"李乐宇。

"你呢？"

"叶田田。"

"好的。"

"你知道我早晨起来第一件事是做什么吗？"叶田田问。

"什么？"

"看帅哥。"

叶田田把李乐宇的照片发给他本人。

"哈哈哈这么用心，我都算我们家族最丑的了，你不知道我太爷爷长得有多帅，在那个年代拍电影不用化妆。"

"那你有几个太奶奶？"

"一个哈哈哈。我们家是大家族，教育非常传统，我的思想也比较传统。"

"那你要看我的照片吗？"叶田田问，她没有在软件上放照片。

"我啊，看不看都行，颜值不是最重要的，毕竟……"

他还在打下一条回复期间，叶田田已经将一张自己抱着猫的照片发了过去。

"你这够快的，欸，你这猫不错，真好看，真白，我也想养一只。"

"就完了？我呢？"

"你啊，还行吧。"

"拜拜。"

"哈哈哈哈哈哈，你自尊心还挺强。"

"我知道我不好看，可是我的脑子很性感，很有趣，而且我很擅长聊天。"

"是蛮有趣，聊天就算了，我看你擅长把天聊死哈哈哈哈。"

叶田田不服气,她随手一个电话拨了过去,对方犹豫了三十秒还是接起了电话。

"你多高啊?"叶田田又开始发问。

"一八三。"

"那不是和××一样高!我好喜欢他。"

"哈哈哈,所以你喜欢我,是因为我像××吗?他一八三,我也一八三;他在温哥华,我也在温哥华;他在国外长大,我也在国外长大……"

两个人话匣子就这样打开了,对着电话聊了两个小时,得知李乐宇是在英国读的哲学,家人都在加拿大,叶田田瞬间沦陷了,她几乎没见过学哲学的男孩子,李乐宇的各种条件也都算是"极品"了,就像所有男神的优点都集中在他一个人身上了,她感觉自己再也看不上别人了。

"你这种条件还要追姑娘吗?"

"哈哈哈哈哈,追我的太多了,我都数不过来。我有个事情哦。"

"你说。"

"你可不可以给我取个名字,英文的,新的。"

叶田田有些惊讶,第一次有人向她提这样的要求。

"你以前的英文名字呢?"

"往事随风。"

她答应了。半夜睡不着的时候,她便开始在脑海里搜罗名字,去百度搜,大概花了两个小时,她整理出一封信。

你的名字——Levins（菜文斯）。

首先，这是个柔和的名字。

不知道为什么，我脑海中第一个想到你得用L开头，L总给我一种清新的感觉，《死亡笔记》不知道你看过没，里面的L把我迷得不行。智商超高的天才，行为却很像小孩子。

有一部电影我看了不下二十遍，中文名字叫《这个杀手不太冷》，法语片名*Léon*，这也是个法国人名。

vin是我搜了达·芬奇的名字da Vinci，我希望你能有达·芬奇一样的创造力以及对事物的热爱，还有就是也有文森特·凡·高（Vincent van Gogh）名字中的元素。

然后我又觉得Levin好像少了点啥，感觉写起来不够漂亮。

然后就加了个s，因为，我的英文名字叫Sunny（森妮）呀，我名字里阳光和糖太多了。

所以既然名字是我送你的，就纪念下我吧。你要是不喜欢，就直接Levin好了。

L也是love（爱）的意思，我希望你能找到最爱的人，这对你来说无比重要。所以，这个名字就诞生了。

其实L这个开头真的不错，和达·芬奇全名有点像Leonardo da Vinc，也有点像"小李子"的名字，重点是，有一天你有了你的品牌，logo（标签）可以把你的名字设计得很好看。

最最重要，我希望你看到你的名字，能想起永恒的达·芬奇，永远热爱一切的文森特·凡·高，杀手表面下炽热内心的Léon。即便有一天你不在了，你的名字仍然存在。我一直觉得如果以生命终结作为终点，那么所有人的人生都避免不了悲剧收尾。虽然很难，但我还是希望你能活成一个符号，代表一种精神，也许纪念是唯一永生的方式。

叶田田将这段文字发给对方，感到心满意足，大概过了半小时。

"这么快取好了！"

"对啊。"

"我怎么觉得你在敷衍我？"

"哪有，快是因为认真且有效率，我查了好多资料。"

"哇哦，好感动。可Levins有点像那个李维斯，一个牛仔裤的名字欸。"

"当牛仔裤不好吗？起码是个老品牌，禁得住时间考验。"

"好吧，我考虑下哦，这个名字。"

"很晚了，该睡了，wanan，"

"晚安。"

"你知道这是啥意思？"

"我爱你爱你。"

"不对，晚安。"

"哈哈哈，你赢了。"

"不过，谢谢。"

"哈哈哈，套路。"

"不要再'哈哈哈'了，你怎么老'哈哈哈'？像个傻瓜。"

"因为你傻啊。"

　　第三天，叶田田刚刚给学生讲好课，正在填写课堂反馈时。

　　"你下课了吗？"李乐宇的微信进来了。

　　"刚结束。"

　　"我这几天听的歌你猜是什么？"

　　"什么哦？"

　　"《等你下课》。"

　　叶田田没反应过来这句话的意思："那首歌不好听哦！"

　　"哦。"

　　"不过你好看，那我也去听。"

　　"因为我觉得和我的心情很符合，我总是等你下课才发你消息。"

　　怪不得他最近都是秒回消息，叶田田想，他竟然也这样用心，一股甜蜜涌上了心头。

　　"我跟你说个秘密哦。"叶田田说。

　　"你说。"

　　"虽然认识你才三天，但是我都想过嫁给你了。"发完，她就切出微信，深呼一口气，自己怎么这么不要脸啊！

"你想要什么样的婚礼？"

"都行啊，和谁结婚最重要。"叶田田没想到他会更直接，"那我再问你哦，你考虑得怎么样，要做我男朋友吗？"

对面停留了半分钟："我就知道你要问这个。虽然我们了解三天了，但是……"

"行了，你别说了，我已经知道答案了。"不知道为什么，叶田田一看到那个"但是"就觉得有不好的预感，此刻她内心极其敏感紧张，没等对方回复，叶田田便打断了对方。她甚至想直接删除拉黑对方，害怕直接面对那个失败的结果。虽然只有三天，可她心里已经对李乐宇产生了依赖和爱慕，如果现在被拒绝，她也要难过很久。

"为什么不让我说了？我还没说完，为什么不让我说？"

"那你说。"

"虽然我和你仅仅认识了三天，但是这三天是我从来没体验过的，电话也是，我都好久不打电话，也不和什么人交流了，和你相处的这三天，我说了好多话，你很特别：你很阳光积极，就像你的名字，和我的性格完全互补。这些天我经常感觉很心动，虽然你也不是很好看，可是我内心想要和你在一起的感觉有点强烈，所以我想不妨我们相处来看，即便将来不能在一起了，那也是一段美好的回忆。我已经决定我以后就叫Levins了，永恒的精神和Sunny我都要。"

这封反转的表白信实在是打动她，她没有想到李乐宇也是个温柔细腻的人，她蒙在那里半天没有反应过来。

"这就成功了？"叶田田心里想，她觉得有些雀跃，她第一次追男生，没想到这么顺利，自己可就动了动嘴皮子啊，喜悦之余她还有些扬扬自得。

"行了，行了，今天就聊到这里，太浪漫了，我的心脏承受不了，要消化一下。"叶田田一边笑一边发消息。

"你还不聊了！那你以后要习惯这种风格。"

叶田田没再回他，此刻她已经被幸福的泡泡包围，嘴角开始抑制不住地傻笑了，前几天因为事业、学业、发烧产生的苦恼似乎从未发生在她身上。她觉得人生很圆满，自己找到了幸福，所以从李乐宇的表白到现在一直在傻笑。

就在此刻手机突然进来电话。是洪浩金的电话。

"喂，田田。"

"金哥，你好呀，最近怎么样？"

"嗯。"

对面有些停顿，叶田田几乎已经知道他要说什么了。

"现在疫情期间，大家都比较困难，我这边也没有更多的资金途径。"叶田田说。

洪浩金是她第二次创业的合伙人，后来生意做得不好，为了支撑下去，洪浩金就四处借钱，叶田田也借给了他一些。他这个人虽然能力不行，但人品还是过得去的，所以叶田田一直很重视这个朋友。

"我知道，田田，我一直很感谢你，其实这次打来是有另外一件事。"

"什么事？"

"距离上次咱们融资也有一段时间了，你看能不能再找投资人说说，现在疫情了，大家都是资本寒冬，没有资本的钱，企业很难生存下去。"

"可是疫情期间资本都不愿意出手呀。"

"我知道，试试嘛，总归，你那边有认识一些投资人吧。"

"有倒是有一些，还有一个周锦龙，你介绍我们认识的呢，你就没去问问他吗？"

"没有，我觉得可能你来问比较好。"

"为什么？"

"你是女生呀。"

"好吧，我试试吧。"

三年前洪浩金和叶田田一起做的一家公司，经营不善，加上眼下疫情的冲击，使得整个公司的营收大打折扣，濒临破产。现在洪浩金几乎倾家荡产，他抵押掉了房子，也出来打工，但是好在公司还在，即便只剩骨架，总算没有死透，大概就还是有希望吧，只是这希望渺茫如发丝掉进太平洋。可洪浩金依旧坚持，那是他倾家荡产的守护，这个又轴又倔的善良人有着一腔蠢憨的热血。可是临到年底了，各路债主来催收，公司又要购买新的物资，他的生活更加捉襟见肘，梦想始终不能够当饭吃。创业毕竟是艰难的，大家一腔热血地闯进了创业这道门，却发现里面是生死迷宫，极少的人能活着走出来，更不要说笑到最后了。

洪浩金和叶田田的公司也许不会再存活很久了，疫情对酒店行业造成了巨大的冲击，于是洪浩金向叶田田发出求救信号，让她筹备一些资金，看能不能再最后抢救一下。讲义气的叶田田也答应了这个请求，虽然她自己也没有钱，并且只是公司二股东，但自己为了这个创业公司也贡献了许多精力，总是不忍心轻易地将心血付诸东流。就在发烧好了之后的第二夜，她开始筹划如何去市场上赚些钱。

　　突然手机里来了电话，叶田田赶忙接起。

　　"Eva（伊娃）约你见面。"电话里是陶昕然的声音。

　　"Eva？"

　　"对。"陶昕然答应道。

　　"你没搞错吧？她怎么会找我？"

　　"Eva姐可是点名要你过来，她刚从马尔代夫度假回来，带了礼物给你。"

　　这可是一个女神级别的人物啊！Eva的那个朋友圈，非富即贵，她看起来是很温柔的，但行事风格上却非常强硬有主见。

　　叶田田不喜欢她，因为自打有了她这个朋友，自己失去了一切，自己的合伙人成了Eva的合伙人，自己认识的女性朋友不但成了Eva的好朋友，还删除拉黑了自己，因此在叶田田眼里Eva就是个心机女，可她现在还若无其事地来约自己，到底葫芦里卖的什么药？

　　"我和她没什么好聊的。"叶田田想挂电话。

　　"你还对以前耿耿于怀？"电话对面的陶昕然依然不

放弃。

叶田田心里很不是滋味，但是又不想被陶昕然看出自己还在意以前的那件事，显得自己很小气的样子。

"我没有！"

"那就见面，咱仨好久没聚了。"

"好吧。什么时候见面？在哪里？"

"晚点我微信发你。"

挂了电话，叶田田迅速又投入到了刚刚恋爱的喜悦中。"我谈恋爱了，还是个大帅哥，就凭这点我也能和陶昕然吹一吹了吧？"她觉得自己做梦都要被笑醒了。

叶田田觉得如果能找到这样优秀的男朋友也算给自己争一口气了，这些年她在金融市场做项目一直很不顺，感情也没有很顺利，就像男人会因为找到了一个美女老婆而自信心自尊心爆棚一样，她也觉得自己此刻浑身充满了力量。

2.

（Eva视角）

如果你是一个女神，必定晓得我的烦恼。

这许多年来，困扰着我的一个问题就是：爱我的人那么多，可是我爱的人却没有几个，可以嫁的人就更加没有。

美丽女人在这个时代的结婚成本太高了，那是一场用全部人生换世俗成功的交易。因此我并不甘于只是做个美丽女人。富有加美丽，让一个女人不仅可以在生活上获得自由，也给了她俯瞰这世间的千千万的机会。有一天，当你不再缺钱，也不缺男人，你往往就渴望真正的爱情，所以我并不急于结束这两年刚恢复单身的状态。

两年前，我同前夫离了婚，他是个家族产业继承人，在富二代的圈子里算是比较有作为的，为什么同他离婚呢？就如我刚才所说，当一个美丽女人不再缺钱，也不缺爱，往往就渴望真正的爱情。细致入微的照顾，这是前夫不能给我的。

离婚后，我更加将精力投入到工作中，初入金融行业是因为想改变命运，强迫着自己去改变。而如今，我已经彻底爱上了这种工作方式，以至于生活和工作彼此分不开。我的所有社交生活、日常阅读、学位深造全部围绕着金融工作展开，甚至结交朋友、恋人，以及亲戚往来，这些关系在我的心中有一个账本，多少的投入和付出，账本上记得明明白白。

老远我就看到叶田田和陶昕然走了过来。陶昕然不用说，依旧光彩照人，她什么时候都把自己收拾得精神利落，尽管美女的标准很统一，可是陶昕然真的很不一样。不同于随处可见的网红脸，她是标准的鹅蛋脸，面部丰腴。身高一七二，腿占三分之二，花瓶身材，前凸后翘，无论坐在哪里，你都很难不注意到她。尽管在上海大美女很多，但陶昕然的气质与众不同，高挑的女孩子会让人觉得高傲，安静的女孩让人好奇，这两种特质兼备的陶昕然静静地坐在那里，普通人会感受到一种拒人千里的气场，却能激起高级捕猎者的好奇心和征服欲。可当你真正接触她后，会发现她不但不高傲，而且非常亲切，甚至有些神经大条，但这一切又不影响她风情万种：小嘴一噘是可爱，下巴一收是媚态，远看温柔端庄，近看活色生香。因此陶昕然的开场就很成功，大一的那一年，她不小心中了"彩票的头等奖"，与她同居的男人是个互联网界的风云人物，因此陶昕然大二那年，就成了所在的戏剧类名校的风云人物，在女生群体里成了众人瞩目的对象，从那以后校园里就很少看到她了，但是学校里无处不在传着关于她的传闻。

她尽情地享受这一切：衣服不穿一线以下的牌子，全部是大牌奢侈品，并且她不去奥特莱斯这种地方，只在高档商场里购买，里面的奢侈品要比外面贵出一倍多，她却不看价格，喜欢就买。有一次她为了剪一个新潮的发型，特地临时商务舱飞去香港剪了个头发就回来了，说那个理发师是大明星"御用"，专门飞一趟也值得。在我眼中，这样的生活方式，这样将自己"物化"、将自己明码标价是可耻可悲的，陶昕然却仿佛乐在其中。

至于叶田田，她长得不算好看，在一些人眼里，甚至还有点丑。你身边大概不乏这样的女孩：她们看起来极其普通，是那种容易让人遗忘的普通，五官不突出，身高不突出，就连个性也不突出。可是，她们却总能轻易地打破你心里的防线，给人一种极其亲切的感觉，那份恰到好处的亲和力可以瞬间拉近陌生人间的距离。因此叶田田的金融圈资源和人脉非常好，她的简单和单纯让人不设防，一眼就能洞穿的内心和不经雕琢的语言表达，让很多大客户和大佬十分信任。

她活泼开朗不做作，没有那份虚荣心和架子，对任何事都容易产生原始的爱的欣赏。她矮矮的，大概一米六，小小的个子为她增添了乖巧可爱，还有点胖，看起来很好捏的样子。她的长相和身材都很普通，但是有一处特点为她加分许多，就是那双会说话的眼睛。她的眼睛不算大，看起来像桃花的花瓣，笑的时候眼睛会眯成一条线，最动人的是那双闪闪发光的眼眸：时而灵动，时而深邃；可以柔情，可以愠怒；七分的悲伤含着三分的怜悯，一贯的忧郁带着偶尔的调皮。总之那是一双能够传递各种情绪的眼睛，喜怒哀乐全部写在眼里，不会掩藏情绪的眼睛道出了她的不谙世事，因此你会觉得这是一双澄澈的眼睛。就是这样一双饱含情绪的眼睛，让她不仅异性缘好，同性人缘也很好。

我和叶田田已经有两年多没有联系了，最近找她是因为一个二级市场的项目要合作，合作对象倒不是非她不可，只是在二级市场这块，被看中的人往往要么资金能力强，要么项目能力强，叶田田刚好两个能力都强，项目讲得清，资金谈得来，和每位客户大佬都保持清楚明白的关系，因此这个位置只有她最合适。

两个人在我面前落了座。叶田田剪了短发，看起来比之前还要精神灵动。

"田田，你这两年就像失踪了，再次见到你真好。"我朝着她们俩笑了笑。

叶田田也皮笑肉不笑地露了一下牙齿："是呀，好久不见，Eva姐。"

陶昕然瞅瞅我，又看看叶田田，紧张的表情放松了下来："就是，没事还是要多聚一聚。"

"我这次约你，是有个项目想要找你。"我开门见山。

"我们这边现在有个二级的盘子，操盘手去年做了五倍业绩，现在盘子想做大，你有兴趣参与吗？"

"五倍！"陶昕然惊讶地发出赞叹。

叶田田看着我愣了一会儿，小脸儿绷得很紧，让人看了想笑："听起来项目是好的，姐。只是怎么能保证我拿到钱呢？"

我看了陶昕然一眼，发现她也尴尬地看着我：叶田田的直接谈钱让氛围有些尴尬，可她一直就是这样单刀直入，经常把场面弄得很尴尬。

"我知道我这样说你不高兴，可是之前的合作，我确实在你这里一分没赚到，我们的姐妹情谊深刻，可是利益也要保障吧。"叶田田声音有些激动，她极力压制住的情绪渐渐显露。

陶昕然看起来欲言又止，她最擅长说甜甜的话，可没等她开口，我便从容应付了质问。

"你当时为什么不要手续费呢？"我说，"当初项目成了，你也没跟大家要，那个时候要手续费谁还会不给你呢？现在提这个谁还记得？"

"这个还要我提吗？赚钱的时候，大家都有原则有规矩，记忆力好得连对方眼角有几根鱼尾纹都记得；分钱的时候，就都随缘、老年痴呆了，不跟在后面催就不给钱了？"

叶田田有些剑拔弩张，她的这番话让人无言以对，陶昕然脸上也露出了极其尴尬的神色。

陶昕然刚想说什么，我打住了她，笑了笑对叶田田说："田田，看来你还是没懂，你为老板赚了钱，他不分钱给你，只有三个原因。"

叶田田用气愤又好奇的眼神望着我。

"第一，他认为你不值得，不值这个数，不值这个价；第二，他自己也没赚到钱；第三，他极其自信，甚至自负，觉得所有人都亏欠他，应该为他服务。我知道你不能理解，但这就是老板，是现实，你可以不认同，但不能不接受。"

"既然氛围都到这儿了，我就直说了，我对你不满意，"叶田田指了指我，"我知道你说的操盘手是彭冰，你们的那几套我真的受够了，永远用帮助别人的名义为自己牟利。我介绍给你那么多资源，最后我一分钱没拿到；我的朋友不仅成了你的朋友，现在他们还拉黑删除了我；我从美国游学回来后，我的合伙人成了你的合伙人，现在也不跟我直接联系了，叫你来游说我。五倍业绩，我可真是要恭喜了，他就不会亲自来跟我说吗？我真不知道你是怎样办到这一切的，你跟我有仇吗？你有钱有颜，所有男人都爱你，女人羡慕你，为什么要觊觎我这微薄的资源？"说到这里，叶田田的声音语调越来越激动，我想这些话已经在她的心里酝酿了两年了。

"叶田田！"陶昕然也站了起来，"你在干吗？Eva姐是要帮你。"

叶田田扭头瞪了陶昕然一眼，眼泪就下来了，看起来像遭受了无比大的冤屈。

我的嘴角向上一扬："你的性格一点也没变，风风火火，充满活力，我知道你有怨于我，这些我早就想到了，但是你有思考过你自己的问题吗？你自己在整个项目的从头到尾，就没有一点问题吗？我比你年长二十多岁，见过的想到的比你多，考虑也比你成熟深刻些，你所经历的怎么就知道我没经历过呢？过去你放不放得下，那是你的事，我是听说你最近需要帮助，才找你的。我和你的交情与彭冰无关，我也不知道当初他为何不分钱给你，但现在我这边给你介绍的工作，你想要多少的利益，跟我说，什么样的支付方式，都可以谈，我们走法律合同，你提条件就好，今天我们先谈到这里，我还是很欣赏你身上小野狼一样的特性，至于要不要去面试，随你的便。"

氛围似乎也没刚刚那么尴尬了，由于真诚，冷到极致的气氛似乎开始有了温度，说完这一通，我起身就走了，给叶田田留了一张人事名片。

"你也真够可以的，"我听到身后的陶昕然说，"我可从来没见过谁和Eva这样，她那么温柔，谁和她说话不是屏气凝神细声细语？"

"绿茶×都这样。"叶田田鼻子里哼了一声，重重地将咖啡杯放在桌子上，"买单。"

"Eva都买完了。"陶昕然说。

"怎么好人都让她做了？！就我最坏。"

我笑了笑走出了咖啡厅的大门。

3.

叶田田和彭冰约在了美罗城的一家高级日料店，没多久，彭冰就带着青草般的清新气息出现了。

这个年轻的金融新贵一出场就迷倒了无数女孩子，他虽然不高，一米七刚出头，头很大，看起来很聪明的样子，但是身上一股向上的激情和随时侃侃而谈的爆发力让你觉得这个男孩身上有种巨大的吸引力。这些年，他炒股赚了有两个亿，而且还是个九〇后，风华正茂，年纪轻轻便赚了快钱。他聪明、犀利、果敢，浑身上下都散发着朝气和荷尔蒙，喜欢赛车，享受速度与激情、美女和掌声，表面看起来：守规矩，懂礼貌，三观正，很成功，也很谦虚，也有痛苦，聪明到能理解一切，也感性也理性。总之有些完美，只是这完美仅限于表面。

实际上，他谁都不放在眼里，气场仿佛刺眼的骄阳，可眼神看起来总是灰暗且浑浊，给人一种在幽暗小屋里栖居了很久的感觉。

"不好意思我来晚了，"彭冰急匆匆地坐下，眼神里带着喜悦和温柔，"今天交易比较忙。"

"没事。"叶田田扫了彭冰一眼，他今天穿了双拖鞋和一件宽松的白T恤衫。

"好久没见到你了，田田。"彭冰说，他的眼睛里有小星星，还有热情和喜悦，"你变漂亮了。"

"真的吗？嘻嘻。"

两个人点了很多和牛肉和刺身，开始天南海北地瞎侃。叶田田讲自己这几年的游学经历。彭冰听得入了迷，他痴痴地盯着叶田田。

"Eva姐跟我说了你的事情，你们现在在找客户托管账户。"叶田田说。

"是的，现在行情好，我打算把公司的规模扩大。"

"可以先投资我们公司的项目吗？"叶田田抛出关键问题，"我和金哥的公司，现在急需一笔资金支撑渡过难关。"

"你们公司的那个项目太烂。"彭冰夹了一筷子牛肉到叶田田的盘子里，"你多吃一点。"

"烂？那你告诉我什么叫好。"

"我的项目好。"于是彭冰开始和叶田田说自己的操盘策略。

"我听Eva说过了，也可以合作，但今天能不能先帮帮我？我很需要一笔钱。"

"你需要钱做什么？"

"我最近谈恋爱了，对方家里很好，我不想被瞧不起。"

彭冰看着叶田田的眼神瞬间黯淡了下来，他没有说话，半分钟过去了，他依然低着头。叶田田隐约感受到自己说错了什么，彭冰似乎又把他自己关在了漆黑的屋子里，他经常这样，上一秒骄阳似火，下一秒打入深渊。叶田田开始后悔刚刚的坦然。

"就当我求你了，"一滴眼泪从眼角滑落，"我现在需要钱。"

彭冰稍稍抬了下头，依然盯着眼前翻滚的日式火锅不说话。

"跟你男朋友要去。"他抬起头看着叶田田，眼中已经没有了小星星，"他不是家里条件很好吗？"

"那样多丢人啊。"叶田田哭得更凶了，"那样他就不爱我了。"

彭冰不说话，他看着叶田田的眼神却很愤怒，好像遭受到了巨大的羞辱。

"帮我搞定资金，你就能赚钱了。"彭冰露出一个冷血又嘲弄的微笑，"像Eva那样。"

"你别这样行不行？朋友五年了，就当帮我。"

"这顿饭我请。"说罢彭冰离席向外走去。

"哎，你别走。"叶田田追上去。

"你不用跟着我，女人的眼泪在我这没用，割腕上吊都没用。"

"我知道，我知道。"叶田田亦步亦趋地跟着彭冰，她觉得彭冰头上怎么长出了犄角，像个小怪兽，"可以。"叶田田擦了擦眼泪到前面拦住他，"你的项目好，我帮你谈资金，一言为定。"

彭冰看着叶田田欲言又止。

"好。"他最终挤出这样一句话就走了。

看着彭冰越走越远，叶田田也不再跟着他。

…………

回来的路上，叶田田一直哭，现在她不仅没融到资金，还给自己又找了个活儿。她不明白为什么彭冰喜欢Eva而不喜欢自己，还总说自己情商低，要多向Eva学习，她不明白为什么全世界都向着那个假惺惺的女人。

她觉得自己就像个小丑，大家都是英雄，为什么只有自己是小丑，全天下最委屈的人就是自己，怎么周围的人都想利用自己，她现在好想回家。

"你情商就是很低啊！"这是回家后母亲的安慰，"田，别怪妈说实话，这都是为你好，你情商确实不高。"

叶田田难以置信地望着母亲，瞬间哭得更凶了。

"我是不屑啊，不屑于去学习那些捧高踩低的手段你懂不懂？"

"啥屑不屑于的，你们年轻人，再不屑，也要先生存下来呀，不然谁去理解你？没人搭理你，你这孩子，我也想说好听的安慰你，可是那没用啊，从小就溺爱你给你惯坏了，不懂社会险恶，人情冷暖。"

这是亲妈吗？！叶田田觉得家里也没法待了。

"你这孩子，我让你嫁人，你也不嫁啊，天天跟那个什么乐什么鱼的网恋，你要是现实点找个人嫁了，你也不用承受社会上的这些压力。这都是你自己选的路，去找你的真爱聊去，我不听你说了。"

田田妈竟然一把将门关上了。

"你咋又把闺女惹哭了？哄哄啊。"门外传来田田爸的声音。

"别搭理她，死轴死犟的，让她自己撞撞南墙。"

从小到大，母亲只有在叶田田生病的时候对她最好，什么都依她，而平日里却对她异常严格。

没办法，叶田田只能去给李乐宇写信——

我今天见朋友回来后大哭了一场，这些年我混迹金融圈，经常被踢，莫名其妙就被安个罪名踢走了，资源贡献了，钱也拿不到。男人明的暗的各种暗示，我也当没看见，我的"男闺密"教我怎么勾引男人，也没学会。都说我活得失败，没赚到钱，没赚到好名声，也没钓到土豪。但是有一点我是十分自豪的，都说常在河边走，哪有不湿鞋，可我这一路清清白白，把我过往合作过的人全叫出来，我可以明明白白地讲出我帮他们搞定了多少资金，用什么样的方法，解决了多少事，拒绝了谁。我太坦白了，坦白到让人害怕，我是个心里有什么就说什么的人，这种特质让金融圈很多人害怕。其实曾经我就想，与其立人设，不如就活成那样，省心了。

这几年我到处见到称自己是做金融的，甭管是卖基金理财的小经理还是大佬高管级别的人，统称干金融的。且不说国家金融体系多么发达吧，但当下搞实业确实是不如金融赚钱多、来钱快，一个小上市公司不过三十多亿市值，可金融圈光净资产百亿的大佬就很多，更不必说那些中等段位的"小豪"了，一家实体上市公司的几百上千人所创造的业绩不敌一个金融圈擅长投机的"资本家"。

我发现所有人都是一样的，来我这，蹭资源，甩了一堆片儿汤话，打了一堆保票，留给我一地鸡毛，就走了，那些大佬非常善于明哲保身，他们永远在最合适的时机出来，摘最大最甜的果子。有时候你眼睁睁地看着别人的小把戏大阴谋，却也无能为力，这感觉是什么呢？就像你付出很多辛苦耕种，结了一颗大的果实，可是别人就在你面前，"唰"地摘走了它。

我对那些我曾经帮助过的大佬说我现在没钱了，你们要么投我一些要么借我一些吧，平时不都说是朋友嘛，他们就都跑了。这个就是我此刻的经历，他们甚至还会说很好听的话表示爱莫能助，还会瞎支招，教我怎么傍一个大款就好了，正道没有，歪门一堆，这些人还都是有头有脸的人呢。于是我对这些人又有了一番新的认知：一个人愿意帮你，心甘情愿被你套路，是因为他爱你，出于友谊亲情爱情，什么爱都好，那是一种不计回报的付出，没有这种感情的人，算不得朋友，算不得爱人，只是认识的人罢了。

一封信发过去后，李乐宇很快就回了话。

"怎么啦，发生了什么？"乐（李乐宇网名）很快读完了信回复她。

"没，工作上不顺。"

"怎么了？"

"就是我和合伙人一起开的公司，出了点问题。"

"你还有公司？"

"就是一个小厂子。"

"你还有工厂？"

"很小的，就几台货车。"

"我看看。"

叶田田发了几张照片过去。

"其实我家里也有工厂。"

"什么工厂？"

"你猜。"

"……这怎么猜。"

"我们家在加拿大有两家军火工厂，用来加工二手枪。"

"哇，那是什么？"

"就是造枪的，卖枪你懂不？"

"不受管制吗？"

李乐宇回复了一个微笑的表情。

"我从来都没听说过这种生意。"叶田田瞬间忘记了生活的悲伤和烦恼。

"总之你好好表现，忙完这段时间就去看你。"

"好的。"

"别想这么多了，早点睡，别跟烂人纠缠。"李乐宇以命令的语气说道。

"嗯嗯，你真好，晚安。"

看着社交软件上对面的头像渐渐暗淡下去，叶田田觉得心里充满震撼与甜蜜。对未来的好奇以及对爱情的希冀，让她忘却了眼下的烦恼忧伤，她准备大睡一觉，明天再想策略。

4.

朱放第一个到了徽菜馆，叶田田是第二个，彭冰随后也到了，三个人坐在包间里互相介绍了一番，大概过了十分钟，朱放的女朋友才姗姗来迟，一个唱京剧的1999年生的梅姓小姐。这已经是叶田田见过的朱放的不知道第几个女朋友了。

"生日快乐！"刚出场的梅小姐将手中的礼品袋递给朱放。声音很轻，却有温柔的穿透力。她皮肤白皙细腻，像只小白兔一样依偎在朱放身边，衬得又黑又胖的朱放像只大黑熊。

"谢谢宝贝，你今天可真美。"朱放摸了摸她的头发，像炫耀战利品一样看着这个从十八岁起就完全被他精神控制的女孩，那是他一手塑造的"完美女人"，方方面面都完全迎合他。他顺带瞟了一眼叶田田，对叶田田有点恨铁不成钢，总觉得叶田田没觉悟也不听话。

"朱总，今天看起来可是帅气逼人啊。"叶田田说，"和梅小姐站在一起，郎才女貌真是般配。"

"是啊，梅小姐今天也光彩照人，这一对可真是太养眼了。"彭冰在一旁搭茬。

"朱总，彭冰是这几年成长最快的操盘手之一，现在市场上很多人都看好他，光今年上半年就做了60%的收益。"叶田田说。

"可是我们不需要啊，我们一只票也做了80%的收益。"朱放阴阳怪气地说。

"80%那可太厉害啦，所以彭冰你也多学着点啊。"叶田田眼神黯淡了下来，来之前朱放还说要见见彭冰，给他个两千万账户去管理，而目前的场面看来，朱放似乎并没有打算谈生意。

"是的！以后多跟朱总学习。"彭冰竟然满脸兴奋，他似乎也不是为着什么资金来的，虽然平日里嚣张骄傲得很，可是碰到老前辈却也会夹起尾巴装乖。

"我们这种人呢招人恨，男人妒女人恨，但是谁又不想成为我们，站在社会价值链的金字塔尖俯瞰众生，谁不向往？说是我们的问题，不如说这塔有问题。"朱放含笑看着彭冰，用手拍了拍他的肩膀。笑容看起来油腻又猥琐。

"我们也想同朱总您合作，我这些年也尝试创业赚钱，可惜结果不好，不及朱总年轻时的千分之一。"叶田田压下心头的反感，及时把话题拉了回来，她还是想尝试下谈下那两千万。

朱放意味深长地看了看叶田田："不要紧，你是精神贵族。"

朱放是在讽刺自己吗？来之前叶田田就觉得聚会很蹊跷，现在看来朱放压根儿就没想合作，只是想借机显摆自己的年轻女友，顺带恶心一下年轻人，可来之前却是他主动邀请自己带着彭冰一起谈谈项目的，现在却只字不提合作。但是彭冰好像已经不在乎合作了，他看着朱放，眼里尽是崇拜，好像看到了自己的偶像一般。

梅小姐话很少，更多的时候她只是默默地看着朱放。朱放会象征性地问她意见，她也会聪明地回答出标准答案。她情商极高，还会时不时地向叶田田请教如何做项目，夸赞叶田田，而朱放只是一脸满意地看着这一切。女人有了智慧反倒让男人害怕，这是朱放曾经对叶田田说的：最好是又美又傻的，没有想法，大佬都爱。

"这样好的女孩，"叶田田心里想，"为什么要将灵魂献祭给一个品性不佳的老年人？"

今天的场合，两个胜负心强的男人像圈领地一样在两个年轻女性面前炫耀和耍酷，一会儿谈谈自己今年做了多高的收益，一会儿说说自己以前游览了什么美妙胜地，一会儿又谈古论今，显得自己饱读诗书，可也仅仅能够搭上某经典桥段的一个边边，再深刻的，就谈不下去了，开始胡言乱语。

这时餐厅服务员端上了一盘新鲜水蜜桃，梅小姐拿起娇艳欲滴的桃子咬了一口。

"啊呀！"她大叫了一声，"竟然是烂的。"

叶田田瞟了一眼，确实是个烂桃子，还有白色的蠕虫从核心爬了出来，娇艳欲滴的完美桃子，却是个烂桃子。从这以后，她就给朱放起了"老桃子"的外号。

"那一盘桃子都是这样，"彭冰说，他将自己手里的桃子也放回了盘子，"一棵树上下来的，不管老的小的，从核就已经开始烂。"

"可是它看起来那样完美呢！"梅小姐说。

朱放看着叶田田。叶田田看着彭冰。彭冰看着梅小姐。叶田田知道有一天"彭冰"会成为"朱放"：男人的放逐不是生活上的堕落，而是纯真的死亡，是不再相信，是学会迎合，是没有期待地随他去。

回到家叶田田又给李乐宇写了一封信。

为何要用信念感过一生？

我实在找不出比今天更适合写信的日子了，我的心在一次次雨打风吹去后，漂流到了蛮荒无际的孤岛，向下望一片汪洋，向上是不知名的陌生天空。对于不喜欢冒险的羸弱灵魂来讲，也许原地不动才是最安全的选择。可我总向往新奇的世界。

　　我身边的那些人，他们的世界就像一片沙漠，了无生趣。如果沙粒变成粉红色，你就不会觉得沙漠干燥，甚至觉得粉色的沙漠像是爱人的期待。可真实的沙漠永远是无聊的土黄，伴着一片荒凉，像极了行将老去之人的心脏。

　　这些年我做了很多项目，可是落得好结果的却很少，于是我学会了观察这些成功和失败者，以前我总认为诚实、善良、谦让这些美好的品质，是一个人获得成功的必备品，可现实不是这样的，卑鄙、无赖、自私的人经常成功，甚至更有可能成功，他们极其善于伪装，这让我开始怀疑是自己的三观有问题。

　　金融圈的一些大佬很愿意和我分享他们的光辉事迹。可我总是同他们聊不到十分钟就想离开了，实在是不喜欢他们说话的腔调，怎么形容呢？就是你能很明显地感受到这些老板不在乎你听没听进去，他们只是一味倾诉，并且他们也不在乎你说话的内容，一个年轻人说些真知灼见会很快被他们否定，这让我感到一阵恼火。

　　他们的成功我多少也总结了几个特点，就是你要非常有功利心，目标明确，执行任务的时候，完全戒掉情绪，就会更成功了，这些人深以这种绝情绝性的能力为豪，觉得自己戒掉了人性的弱点。

这些年我听到很多人讲如何戒掉情绪，如何冰冷地执行目标，如何反人性，似乎这意味着一种进步和成功，他们教你如何去训练自己的冷血、绝情，机械式地进步，永远向上，为了目标甚至可以六亲不认。并且这些人都有一个特点，就是他们虽然不停地否定年轻人言论，但是对那些在金钱和地位上比他有优势的人，他们就觉得对方什么都对，无论对方说什么他们都能够忍受对方。我在金融行业做项目的时候，许多老板都给我上过这样的一课，告诉我要有"男性思维"，少讲情怀，要从商业利益角度去思考问题。可我始终做不到，也不愿去做。并且我也看到，金融圈内真性情的大佬也有不少，绝情绝性并不像他们所说，是成功的必备素质。

我多希望，他们都能像少年你一样：真诚、直接、热血、善良。你身上有一种冷酷的美。它很残忍。那残忍就好像大自然告诉你，这世界就这样，别问为什么。

我觉得能把一种特质体现到极致，都是艺术。每个人的人性都很复杂，只是呈现出的程度不同，一颗恒星爆炸而形成了迷人的宇宙，若终将以死亡收场，来过、活过、走过、经历过，是生命的答案，是浪漫的告白，是全部的意义。

"我发现你挺有才华的，我也讨厌唯利是图的人。"

"真的吗？"

"对，我喜欢简单纯粹的人，像你这样。我也有很多朋友是做金融的，但是他们就很……'那个'，我也讲不清。"李乐宇说。

"我差不多懂了，怪不得你爱看我的文字。"

"对了，说件事情哦，我最近买了一套理财产品，每天都要算账。"

"什么类型的理财？"叶田田问。

"反正我也说不清楚，你想买吗？"

"给我看看。"

"你买不了的，我也很想带着你赚钱，可是你没有合法资格，中国公民无法购买。"

叶田田心里有些不是滋味："给我看看嘛，我好奇。"

"看什么看，我从早晨一直计算到现在，头发都掉了好几根。"

"那我帮你算，你那么帅，头发掉光就不好了。"

"哈哈哈，好吧。"

李乐宇发了一张截图过来，密密麻麻布满数字的一页表格。

"哇，这，确实复杂了些。和我们之前买的不太一样。"叶田田也感到震惊。

"你们买理财？"

"对，我前老板他经常买理财。"

"你前老板？他做什么的？"

"他啊，炒股发家，赚了几十个亿。"

"这么厉害的吗？"

"还可以吧，上海这种人多了去了，不过我不喜欢他，甚至有点讨厌他这种人。"

"为什么？"

"他太花心了，老色鬼一个。我在他那边做事的时候，办公室经常来各种各样的女生，办公室里除了招聘的小姑娘外，最常来的就是貌美如花的大长腿，往老板办公室一坐，头发一甩，手机一刷，活脱脱上海滩最靓丽的风景线。古典气质林黛玉，婀娜多姿小网红，楚楚动人九〇后，有颜有品他人妇。大白兔，巧克力，小辣椒，野玫瑰，不管是什么样的'众口'，到了朱放这里都能调。"

"哈哈哈哈哈，看来你怨念很多呀！"

"何止怨念，关于这两年给他处理各种情人之间问题的事，几天几夜都说不完。给情人送玫瑰，帮情人订话剧票，接送情人去机场，以及辅导情人孩子的功课，愣是把自己练成了十项全能，成了老板情人们眼里最放心的依靠。有时候觉得自己是饲养员，每天有一堆猴子等着我伺候。"

"那你很厉害啊！公关小能手，他就没想过对你下手吗？"

"对我下手，谁给他处理其他女人？"

李乐宇发了一个思考的表情。"他叫什么？"

"刚刚说了，朱放。"

叶田田气鼓鼓地坐在桌子旁边，这一通吐槽勾起了自己曾经糟心的回忆，她讨厌朱放这种人，因此在那边做了一年就离开了，朱老板给的条件待遇不错，但她受不了那种对心灵的污染，担心时间久了，自己也会变得三观模糊。

"你怎么突然安静了？"叶田田问，李乐宇已经半小时没搭理自己了。

"没什么，早点睡吧，明天聊。"

"好。"

李乐宇的头像暗淡下去后，叶田田也洗漱下准备睡了。

"也许该接受Eva的邀请。"叶田田心里想，"一份工作是我现在所需要的，尽管又要投身到那些自己讨厌的人中间。"

人在屋檐下，她想，先睡一觉，明天再说。

二

1.

周锦龙是个典型的深思熟虑者，他看起来很温和、谦虚，甚至有点卑微。

他是个七〇后，在老板眼里是个忠诚听话的下属，妻子眼里是个温柔贴心的丈夫，女儿眼里是个好"欺负"的老爸，朋友眼里是个谦恭的倾听者。不同于胸无点墨只会赚钱的人，他是真的读了不少书，尤其是文学作品，还颇有深刻的理解和见地，因此在做许多事情和抉择时，他不仅有所思考，还有所收敛，更加难得的是，他做事有原则且底线颇高。用他自己的话来讲，他这种人是永远做不了大佬的，心不够狠，也做不得坏事，因此能当上总经理，做一个合格的职业经理人，已经是他的职业巅峰了。因此在他四十多年的人生里，他混得不差：房子车子人脉都是一流配置，比上不足，比下有很多的余。他活得很知足，也很感恩，对所有合作者，虽然都是不主动不拒绝的暧昧态度，但也不会去伤害刺激人家，且总能东拉西扯不伤和气地解决所有矛盾，因此叶田田经常去找他。逐渐地，他们竟然成了金融圈陪跑彼此最久的朋友。

三年前，叶田田就帮周锦龙介绍了很多项目，介绍完她就出国游学了，没再管。回来后，周锦龙竟然和她说，自己公司投了很多她介绍的项目。听到这句话，叶田田心里什么滋味呢？她又开心又不开心，开心在于自己是有价值的，不开心……她也说不出为什么不开心。虽然周锦龙嘴上一直说着感激她，到处说自己是他的恩人贵人之类的，可是她还是觉得很奇怪，总觉得自己有什么事儿忘记做了。

今天，她来到周锦龙的办公室，他依旧没有茶水也没有各种招待。叶田田都习惯了。周锦龙说这是他的一贯作风，对谁都一样。叶田田心里想："多么朴素的人啊！"

"洪总您还记得吧？"叶田田问。

周锦龙低头盯着茶几沉默了一小会："他现在怎么样？"

"现在都不好过，资本寒冬，大家都难。"

"你还在跟他保持联系？"

"对啊，我们是朋友啊。"

"我认识你这么久了，给你个忠告吧：远离洪浩金。"

"为啥？"叶田田感到有些意外。

"他穷还衰，并且这种穷衰会连累传染你。"

"咋能这么说话？"叶田田有些不开心，"我和金哥也算并肩作战的朋友，他难的时候我就算不帮忙也不能踩他。"

"没叫你踩，叫你远离，你多结交一些有用有资源的，为什么要在一个穷兮兮的人身上浪费时间？"

"我倒是想来问你呢，你们规模不小的，愿不愿意投他一点？他需要的钱也不多。"

"他叫你来问的？"

"你甭管了，我好歹也算他合伙人，公司有我的份。"

周锦龙又开始低头沉默。叶田田见惯了他的这个表情。

"我考虑考虑吧。"

"真的吗？"叶田田感到惊喜。她年轻，总是从投资者星点的暧昧态度中看到巨大的希望。

"我过两天去看看他的项目。"

"好的。另外还有一个项目，一个二级股票的，不知道你感不感兴趣。"

周锦龙抬起眼皮。叶田田看到他眼中又重新闪烁了光芒，刚才的一片阴霾也不见了踪影："我们今年把战略转向二级市场了，一级的资金全部转到二级盘子上来，目前在寻找好的管理机构合作。怎么，你有资源？"

第二天，叶田田就带着彭冰来了。周锦龙很早就在办公室等他们。人到后，还是没有茶水和各种招待，几个人直接坐在办公室的沙发上开始聊项目。彭冰对着周锦龙和他的三五个手下侃侃而谈，他声音洪亮，中气十足，每个人都被他的情绪带动着。路演过程，周锦龙公司的研究员时不时地提问，彭冰应对得恰如其分，周锦龙听了频频点头，他似乎很满意，整个过程脸上一直洋溢着笑容。路演结束后已是中午，周锦龙便邀着叶田田和彭冰一起吃午饭，这还是他第一次邀请叶田田和项目方吃饭。

"我们下午可以过来调研吗？"吃饭期间周锦龙问彭冰。

"这么着急，这是看上这个项目了呀！"叶田田心里想，原来周锦龙平日里不是没有招待，是看人下菜。

"今天可能不太方便。"彭冰不紧不慢地说，"下午我还有点事。"

吃完饭几个人各自回了，叶田田在路上问彭冰："你什么时候方便调研？"

"下周都不行。"彭冰说，"下周要去度假。"

资金马上都要谈成了还要去度假！叶田田对彭冰的回答感到意外，不过也能理解，毕竟他自己也是资产上亿的"小佬"了。

"周总可能在你这里放个两千万哦，你积极一点。"

"我度假回来马上安排！"

"你总有度不完的假。"

彭冰没有说话。车里安静得只剩下法拉利的引擎声，气氛让人尴尬，叶田田想起他们走的时候，周锦龙望着彭冰法拉利的那个眼神，他眼里闪烁着说不清楚的光，一直目送着他们离开，那一刻周锦龙心里在想些什么呢？那种眼神，她在说洪的项目时没见过，在求他的时候没见过，在他们过去相处的那三年中她都没见过。"阿姨最近好吗？"彭冰问。

"有啥不好的？"叶田田别过头去看窗外，下班时间，高架上车很多，这两年的空闲，让叶田田已经不再适应职场了，彭冰的项目是她回来后做的第一个项目，她和彭冰的缘分也真是奇怪，三年前他们就一起合伙做事情，没想到兜兜转转三年后又跟他绑定在了一起。她最早认识彭冰的时候，他还是个窘迫青年，苦哈哈地炒股，那时候他很胖，人也憨厚，现在不仅瘦了，戾气也冲天了，就好像叶田田曾经抛弃了他一样，有一副报仇雪恨的架势。

此刻天灰突突的，好像在嘲笑忙碌的人。有一股雀跃从心底升腾出来，一直到嗓子眼儿，她想呐喊一声：愿一切顺利，愿我摆脱过去，愿所有理想都能开出现实的花朵。

晚上叶田田回去依旧给她的乐写信。

我有一个朋友，挺帅挺有钱的，自己还能挣钱。他叫彭冰，人如其名，感觉就像一块膨胀的冰，嚣张得不行。我每次见他的时候，他都说他没女朋友，尤其见我其他朋友，我朋友们说"哎呀，某某年轻有为，我给你介绍对象"，他都低头说不用。后来他换了一辆兰博基尼，说带我去兜风，那段时间，我也没什么心情，我说我有男朋友了，在国外，挺好看的。他就没回我消息。第二天，他突然就有女朋友了，我就基本上再没见过他，有共同好友组织的聚会或者什么事真的找他，他都说在陪女朋友，然后微信里狂发豪车啊，还有很高档的场所。

前几天，我闺密领证了请大家吃饭，问我他几几年的，要给他介绍对象。我说"你不用介绍了，他有女朋友"。我闺密说："啊？他刚跟我说他没女友，还要我帮他介绍……"我说"他就那样，跟女生都说没女友，那是因为你们还不熟"。他有一天来问我，怎么追我另一个闺密（超级大美女，性格也超好），问我她喜欢啥样的男的，他问："疼她？有钱？长得帅？照顾人？"四连问，我都不知道怎么回答，这么有钱了还不会泡妞儿，没天赋！我说"光这些都不行吧，你得有心"。

我看彭冰就是谁也不爱，只想掐尖儿，证明自己。这个人是比较典型的那一类，所以我当初拒绝他吧，也不是因为多爱某位少年，只是因为我觉得彭冰这人也不咋的，看穿了他的套路。我分析了下，他喜欢我什么呢？大概是我的手吧，因为每次吃饭，他都盯着我的手看，我的手长得确实是极品哈哈哈。你知道一个男人要是着迷了，他就会情不自禁，我就记得有一次我们几个吃饭，他就盯我看，我吃什么，他拿什么，我吃我盘子里的巧克力，他去拿自己盘子里的，但是他那份巧克力已经融化了，于是他沾了一手巧克力酱，我估计他也没注意到，多呆哈哈哈。

他对我的感情我看到了，并不是因为我自作多情，实在是混金融圈这么多年，哪个男的对我有几斤几两心思，我看得明明白白。

见惯了诱惑和勾引，我仍然向往爱情，我想爱情就是：不能说得直白，点到即止，若隐若现，似有似无，随时达到顶点，也随时面临崩溃。我谈的恋爱不多，不代表我不懂，也不代表我没人爱。我只是觉得长久稳固的真爱难得，短暂的一现，一个体验，不是我所期待的。尽管我从未见过你，可是隔着屏幕，已经足够让我学会爱情的全部。

"这男的喜欢你吧？"乐很快回了信。

"那不很正常嘛。"

"这么自信。"

"不是我自信，实在是有些人，谁都喜欢。"

"哈哈哈，你很清醒，怎么说？"

"有一小撮有钱的男的，觉得自己是帝王，女人都是自己的，还可以分享。虽然时代进步了，可是这些人思想和两千年前一样，只有表面的虚假进步。"

"有道理。"

"你也是这样吗？"叶田田问。

"我不需要这样，像我这种优秀的，知道自己想要什么。"

"想要什么？"

"单纯干净的灵魂，像你这样，还有出众的文采，你这情书写得实在是感人。"

"喜欢我，那你为什么不回来？"

"哎……我早就知道你会问这个问题，其实我也纠结了好久，我最近刚刚办理了移民，要在加拿大待十八个月，你去查一查，政策上是这样规定的。虽然我也想回去见你，但是这样一来我的移民申请就要放弃了。或许你可以来这边？"

叶田田看到这段文字感到一阵窒息，十八个月！最近北美那边疫情正严重，父母肯定不会同意自己过去的。"我考虑考虑吧。"

聊完了天，叶田田就去洗澡准备睡觉了。

2.

（陶昕然视角）

和叶田田做朋友，一方面是因为她的热情，另一方面，叶田田就像个笑话。和她圈子里的人不一样，叶田田总是横冲直撞，奇奇怪怪，也许就是因为这股真性情，她人缘竟然还不错，并且能力强，介绍给朋友也不丢人，因此虽然我们是完全不同的两个人，我们却一直保持友谊到了现在。

叶田田还没毕业的时候我们就认识了，算下来也有好多年友谊了。一大早被她叫出来喝下午茶，她总是无利不起早，这么反常一定是有事。今天我们约在了浦西江边的一家咖啡厅，我穿了件白色的纱裙，看起来像迪士尼的公主，她竟然穿了一件破T恤衫就来了，让我觉得自己一番精心的拾掇很不值得。现在她正和我叨叨着她那个网恋男朋友的事情，已经说了不下一百遍了，看得出她对他很痴情，可总觉得哪里不对。

"叶田田，你好像被钓鱼了。"

"钓鱼？"

"对啊，网络诈骗，杀猪盘。"

"为啥这样讲？"

"你有没有想过他跟你聊天的目的是什么？"

"喜欢我呀！"

我上下打量了叶田田一番，对她的迷之自信感到可笑。于是发了一堆有关钓鱼、诈骗的链接给她。叶田田翻了翻，说确实有点像，都是开始的时候和女生套近乎，说些"我爱你"什么的，到最后提到理财啊，买东西之类的，然后一点一点套路。可是叶田田还是有些不相信。

"他没说爱我啊，是我缠着他，也没跟我要礼物啊，理财也没提，只是问我做什么工作，聊到金融顺带提一提。"

"欲擒故纵，高级骗子。"

叶田田觉得也有道理，可想了一会儿还是直摇头："我觉得不像，他的那个气质一点都不像骗子，会不会是你想多了啊baby。"

我瞪了她一眼："你还是放弃那个乐吧。他不是说自己是英国留学回来的吗？我已经问过了英国留学圈朋友了，根本没有这个人。"

"你问的是哲学系的那帮人？"

"倒没有，但是我的那个圈子也基本上是国内最富裕的年轻人圈了。按照李乐宇的说法，圈子里应该有人知道他才对。"

"可是他应该属于北美华人圈。"叶田田说。

"你再去查查，入籍加拿大，有十八个月不准离开的规定吗？是不是他随口乱说的？而且买理财这个太假了，一看就像手段低劣的杀猪盘。"

"也许他真的在买理财呢，而且他也有发截图给我。"叶田田展示给我的，是一张布满数字的表格。

"可是这并不能说明代表什么。"

"那我晚点试试他吧。"

3.

不知从什么时候开始，叶田田习惯了半夜醒来看手机，有时候是夜里十一二点，有时候是凌晨三四点，她总是半夜里醒来，第一件事就是去看那个蓝色的小头像有没有发过来可爱的消息。有时候为了第一时间收到消息，她就不开飞行模式，握着手机睡觉。李乐宇的消息对她来说就是世界上头等的大事，最甜蜜的情话和最重要的指令。

可上次和陶昕然的聚会却让叶田田有些不开心，不知道为什么陶昕然总是否定自己，似乎见不得自己好，她实在说不明白自己和陶昕然的这种友谊。陶昕然带着叶田田去逛街，逛的都是奢侈品店，带叶田田去喝下午茶，最低也要人均一千的店。叶田田又总是抢着买单。她和陶昕然不一样，她靠自己赚钱，她的每一分钱都是自己打工赚来的。可是陶昕然从来不工作，又有花不完的钱。叶田田不知道陶昕然是怎样办到的。

"你和那样的女人做朋友是不会长久的。"田田妈经常劝她远离陶昕然。

"哎呀妈，你不了解陶昕然，她真的很不一样，她很接地气的，人也很善良，都会站在我的角度为我去考虑很多问题。"

"那又怎样，她三观就不正。"

"你不能因为人家长得美就说人家三观不正，再说你不也是很美的女人？你这样讲。"

"但是你妈我什么时候靠过男人？我都是勤勤恳恳赚钱。

"你自己打扮起来也不会比任何人差，但是我永远不会让你去那样，我宁可看你当个小傻瓜，可爱的样子，不喜欢你浓妆艳抹地去讨男人欢心，我就想让你做个普通人。"

　　老妈竟然生气了，叶田田赶紧道歉。是啊，妈妈虽然美，但是从来不恃美而骄，母亲自己的能力就很强，叶田田觉得妈妈就是自己的好榜样，她要做个像妈妈那样的女人。但她又放不下陶昕然对自己的好和真诚，妈妈不让自己和陶昕然这样的女孩交朋友，自己只能暗暗地和陶昕然交朋友。陶昕然身上似乎有神奇的魅力吸引着她，叶田田也说不明白。

　　晚上的时候，叶田田估摸着李乐宇睡醒了，于是便跟他聊天："你要买的那个理财，我也想买。"

　　"啊？你买不了啊。"

　　"我把钱打到你账户，你来帮我买，可以不？"

　　"这……不好吧。"

　　"有什么不好，你不是我男朋友吗？"

　　"可是……"

　　"没什么不好的啊，我很信任你。"

　　"真的吗？"

　　"对啊。"

　　"好感动，从小到大头一回。"

　　"头一回什么？"

　　"一个人如此信任我。"

　　"真的吗？那我打钱给你吧，你看看怎么操作。"

　　"我看看哦。"

果然，闺密说的是对的，叶田田心里有点失落又有点激动，心想骗子要上钩了

　　没过多久，李乐宇发了一个链接过来，叶田田点开，密密麻麻的英文都是在介绍一款理财产品。

　　"这是专门针对境外公民的。"李乐宇说，"年化收益30%。"

　　"那很高。"叶田田感觉心凉了大半截，"我要怎么打给你呢？"

　　"不知道哦，我没有这样操作过，银行卡？"

　　"好，你把卡号发我。"

　　"太晚了，我要找找，明天发你吧。"

　　"好，晚安。"

　　结束了聊天，叶田田难过极了。谈了这么久的网恋，竟然一下就完全被否决了。她多么希望李乐宇不是钓鱼盘，她立马给陶昕然打电话分享这件事。

　　"他真的上钩了。"

　　"唉，我劝你看开一点吧，这种事情多的是，现在抽身还来得及，还好我们发现得早。"

　　挂了电话，叶田田还是感到难过，于是叫了一顿炸鸡外卖，大吃了一顿，打算第二天删除这个人。

　　第二天早晨醒来，她就看到李乐宇温柔的话语躺在手机里，"早起了吗？小猪。"

　　瞬间她内心涌起一股怒火。

　　"你这个骗子！"

"……"

"你的那些照片看起来根本就不是一个人。"

"你在开玩笑吗？"

"还有你就是为了套路我的钱。"

"谁套路你钱了，你损失钱了？"

"你让我买理财。"

"你自己要买的。"

"你是在欲擒故纵。"

"你他妈……"

"你这个大骗子。你们是个诈骗团伙吧，不止一个人。你要是好好跟我说话，或许我能给你打点钱呢，毕竟你陪我聊了这么久，我对你也有感情，即便现在我也不忍心删除你。如果你真的缺钱，我就打点钱给你，你也怪可怜的，骗子都很可怜。"

对面没说话，过了一会儿，叶田田手机遭到了轰炸，李乐宇发了几十张手机截图。

"我也懒得删了，你睁大眼睛看，这是我手机里存的照片，我习惯将自己的iCloud设成乐这个名字，还有这是我的百夫长银行卡，这是我家的别墅和车，我骗你！你他妈有病是不是？我跟你要钱！我从小到大我根本不需要跟别人要钱，你当老子是乞丐吗？"

叶田田看着那一张张照片，从2015年到现在，都是他在不同地方旅行的照片，帅气英俊还有点坏。她有点看傻了，一时间说不出话了，想着完了，自己真的是误会他了，对面还在大发雷霆，不停地发消息给她，那感觉就是乐受了奇耻大辱。

"我错了，对不起，误会你了。"叶田田赶紧道歉。可对方不但没有好转，反而更加生气了。

"你以为你说句错了就完了，我从小到大没这么被侮辱过，你当我是乞丐吗？你都把我气哭了，我要跟你分手，分手！我是骗子，你让你闺密给你介绍靠谱的去。"

叶田田也蒙了，她也没见过男孩子哭，感觉自己好像确实做错了事，把对面的心伤到了。

"哎，哎，你别生气。"她不停地道歉，一条一条消息发过去，他也没有理她。

叶田田难过了一整天，李乐宇看起来很决绝，于是她删除了他，然后跑到家对面的公园去哭了一下午，站在鱼塘边看了好一会儿，回到家里喝了一小瓶起泡酒就睡着了。睡醒后是半夜了，他那边应该刚起床，她心里想。一瞬间她又哭出来，她去把他加了回来。

"我还是不想分手。"

"你去哪里了？怎么消失这么久？！"

"我去跑步了。"他好像很着急，叶田田心里有一点窃喜。

"还去干什么了？这么久不回我。"他应该是没发现她删除了他十几个小时。

"还去公园哭了，顺带破坏了下花草树木。"

"那就好。"

"你不生气了？"

"我这脾气来得快去得也快。"

"那可不可以别分手了。"

"可以。"

叶田田好开心，她觉得今天聊到这里就可以了，不想再聊下去了，幸福又满分了。她又发送给乐一封情书——

> 无论男女，活在世间都不容易，能相互扶持，就别相互折磨。
>
> 如果可以活到一百岁，那么人生大概还有一万五千天。
>
> 如果死亡并不是终点，生命的意义又何止那一万五千天。
>
> 问题总是处理不完，索性享受处理问题的过程。
>
> 我也从未想过会抵达终点，因为根本就没有终点。
>
> 得道之道并不在于说很多，也不在于做很多，而是在其中，就很舒服。
>
> 觉得什么都对，觉得不再害怕，觉得满眼未来。
>
> 在熹微的晨光中流泪，又在柔软的黄昏中入睡。

发完了这封信，叶田田感到很沮丧，她现在这么穷，如果跟乐说出实际情况，他一定会笑话自己的吧。现在的她好想赚一笔钱，然后风风光光地去见乐。倒不是说她有多爱钱，只是拥有金钱，能让她觉得平等一些。她觉得乐好优秀，而自己还处在危机中，这种差距让她感到不平衡，脆弱的美好爱情随时可能翻船，可她已经迷恋上与乐的这段爱情，不想它轻易消逝，即便是付出再多努力，她也愿意尝试。

"我要接下彭冰和Eva的项目，"她心里想，"赚到钱我就去温哥华。"

她暗暗地下了决心："还有就是周锦龙那边，关于彭冰和洪浩金的项目我一定要再跟一跟。"

第二天早晨六点多的时候，叶田田还在睡梦中，就被微信的消息声吵醒，她点开手机屏幕，竟然是周锦龙的微信。他叫她今天再去他办公室，可是今天是周末，周锦龙加班还挺拼的。她合上手机又睡了大概两个小时，起来后洗漱一下，随便穿了一身休闲服装就过去了。

来了之后的前十分钟，周锦龙并没有搭理她，而是自顾自地在办公桌前处理文件，过了一会儿，他端着一个泡着绿茶的茶杯坐了过来，两人一个坐在侧面的沙发上，一个坐在正面的沙发上。

"你最近怎么样？"周锦龙问叶田田。

"还可以。"

两个人坐在沙发上一如既往地东扯西拉，没一会儿竟然谈到了叶田田的感情上。

"你和那个彭冰是什么关系？"

"普通朋友。"

"那你现在没男朋友咯，我给你介绍吧。"

"我有男朋友。"于是叶田田将李乐宇的情况讲给了周锦龙。

"你这个不算，我给你介绍个大佬。"

"这个怎么不算呢？我不要大佬。"

"也对，大佬的要求是1996年后生，身高一七零以上，硕士学位，恋爱不超过三段。你不符合。"

"要体检不？"叶田田翻了个白眼。

"这个看情况。"

"这是招员工还是找老婆？"

"你大概觉得难过，可是大佬的择偶标准就是这样。"周锦龙说。

"你也这样选女朋友吗？"

"我都结婚了，我是为你好，你要清醒现实一点，即便不找大佬，也不要寄希望于一个远方不靠谱的人。"

"那谢谢你哦。"叶田田本来沉重的心情因为朋友的一个善念瞬间转好，"但是我就喜欢那个男孩，他跟你们不一样，他没有套路。"

周锦龙笑出了声："这么多年，你怎么都没长进呢？"周锦龙拿着手机看叶田田的照片，"我记得我刚认识你的时候，你看起来好小啊，像个小姑娘一样到处乱跑。"

叶田田看着周锦龙手机上的照片："可这照片是我半年前拍的啊！我现在还是到处乱跑啊！"

"我不管，你那时候看起来就是个小女孩。"

叶田田看着周锦龙的表情，他眼神里充满了回忆，就好像过去的他们之间有一段故事一样，可是过去他和她什么也没有啊，就只是俩人一起瞎跑乱跑地看项目。

"你这名字怎么还存的我以前微信名字，我都改好久了。"叶田田说。

"我不管,反正在我这里你就是以前的名字。"周锦龙竟然有些孩子般的任性。

"你这么喜欢这个名字?"

"这名字看起来就好吃。"

叶田田听得一身鸡皮疙瘩,周锦龙心里好像有个属于他自己的专属舞台,那舞台上每个人都有自己的戏,和现实生活完全不同的场景和情节,他怕不是有什么神经病。

"我觉得你不能小看年轻人和创业者,"叶田田把话题转移到正事上来,"他们虽然在'发育'上羸弱,但是思想丰沛,声音辽阔,掷地有声。一个人的死亡不是在停止呼吸的那一刻,而是向命运低头,是不再信仰,是听之任之,是毫无原则地随他去。风怎样吹,人就怎样倒,这是最简单的。"

周锦龙坐在沙发上听着叶田田的高谈阔论露出近乎嘲讽的笑容,但他没有说话。

"不知不觉,九〇后也过了三十岁,我记得我们小的时候,是叛逆的一代,那时候我们思考未来、梦想、远方,以及人生的意义,充满正义感,我们也读鲁迅,我们想挣脱父辈的束缚,而如今有一些九〇后就像垮掉的一代,没有思想,没有信念感,更加没有动力。"

"没办法,每个时代的人都不同,屁股决定脑袋。"

"我一直觉得,人的思想不能和行动统一,那么思想就不是你的,是听来的、摘来的、抄来的、学来的,总之是别人的。你如果美丽,就尽量说善良真诚的话;你如果富有,就尽量将财富引导到正确的地方。世人总想享受高处的风景，不想承担高处的责任。"

叶田田知道周锦龙不想投洪浩金的项目，他对彭冰更感兴趣，可是叶田田不想和彭冰合作，三年前她和彭冰的合作就让自己伤痕累累，如今不是万不得已真的不想帮彭冰融资。

"你可不可以帮帮我，我现在真的遇到难处了。"叶田田带着恳求说，"再跟你们老板好好说说吧。"

周锦龙低头沉思了一会儿："好吧，下周二我们一起出差，我再好好讲一讲。"

"谢谢。"叶田田的眼神中还有希望的余烬。

"谢谢，周总。"她深呼一口气重复道。

那个等待焦急又漫长，大概过了一周周锦龙回复她了："周一周二我一直在和老板出差看项目，伺机多次和老板谈你们的项目、人品，以及融资的需求。非常抱歉的是，老板最终定论，不涉及，本来想回来见面再和你聊，看你十分着急，先给你说一下，我们不可能以任何形式支持你的事业，非常抱歉呀！"

看了这个回复，叶田田开始发慌，尽管早就做好了准备，她的心还是像被铅锤重重地砸了一下。

"对不起，我们不能够给你提供任何形式的帮助，我们老板也不会投资你们的项目，你可以尝试下众筹。"

叶田田尝试给他打了很多次电话，都被他挂掉了。周锦龙没再回她，叶田田才开始感受到他的复杂，他翻脸可比翻书快多了。

叶田田很痛苦地待了一周，才明白其实周锦龙的投资逻辑是整个社会的缩影。以前她试图和投资人讲道理，现在她不讲了，因为她知道，投资人都不讲道理，甚至没有逻辑，偶尔还会忽视常识。而且投资圈有一部分人就是那种向上的时候你指望不上他们，向下又会被他们落井下石的人。

周锦龙再也没有联系过她。

4.

如果不是万不得已，叶田田真不想出来找工作。

面试她的老板陈剑是个善良的人，叶田田这样觉得，因为面试的时候他问自己："我能帮助你什么吗？"

他长得很红润，身材健硕适中，一米八不到的样子，戴着一副金属框眼镜，说话声音沉稳洪亮，中气十足，穿着一件很修身的白衬衫，端坐在中式的会议室里面试叶田田。眼神深邃且沉稳，有一种让人一眼就信服且喜爱的气场，一种能够激发对方雄心壮志的气场。

"我现在需要一份稳定的工作。"叶田田这样说，"我之前过了两年散漫的生活，去了很多地方，见了很多人，可现在我想找一份稳定的工作，好好做事情。"她还是不好意思透露出自己的窘境，想要给自己保留多一些的尊严。

"你对半导体行业有过了解吗？"陈剑问。

"不了解，"叶田田摇摇头，"但我可以学，我的学习能力很强。"

陈剑低下头去看她的简历："你会跳舞？"

"嗯，九岁开始学的。"

"还有什么才艺吗？"

叶田田感觉像在选秀："文笔还不错。"

陈剑透过金丝眼镜盯着她，叶田田也毫不避讳地看着陈剑。

"你接下来有事情吗？"

"没有。"

"那跟着我一起开会吧。"

于是接下来那一整天，叶田田都跟着陈剑开会，陈剑似乎很喜欢听叶田田对会议内容的看法，晚上顺便带她去了个饭局，见了几位领导。饭局上，叶田田也没怎么说话，酒也没喝，结果第二天她就被通知来上班了，负责的事项是投融资，工资谈到了三万块。这工作找得出奇地顺利，让叶田田也感到很惊讶。

公司同事看起来都很厉害的样子，是来自各种知名院校的MBA、硕士，以及博士毕业生，前台要么是跳槽的空姐，要么就是转行的模特，腿长一米二，身高一六八以上。自己在这里的学历、颜值和能力都不出众，叶田田甚至有点不明白老板看上了自己什么。

这时人事带叶田田走进了一间办公室，叶田田的工位就在那里。坐在工位上没多久，一个肥头大耳的男同事成功引起了叶田田注意——他的话最多，脾气也是非常暴躁，喘起气来呼哧呼哧的，中午还邀约叶田田一起吃午饭。

"我看你各方面条件也还行，为什么喜欢做融资这一块的事情呢？"他问。

这话从他口里说出来，就好像融资这个工作非常之低级，可是整个公司所有人的工作（包括他自己）的工作职责不都是做融资吗？但是这些人似乎对外都很会包装，没有人像叶田田一样直接说自己是做融资的，都对外宣称自己是名牌MBA毕业，某基金总监合伙人，或者某专业领域专家。在他们眼里做融资、找资金似乎是最为低级的职业。但是叶田田乐呵呵不以为然地说——

"因为做资金赚钱快，而且资金重要啊！这个市场永远资金为王你没发现吗？不要听那些炫耀自己不差钱的买方和卖方的，伪装成不在乎钱只是一种幌子和手段。而且做资金的感觉比较好，因为每个人见到我的反应都是：钱来了！本来自己没有多厉害，但是感觉到了哪里都很受重视。"

"哈哈哈，你这逻辑不错。"男同事一边呼哧呼哧地往大嘴里扒饭一边说，"那我问你个问题哦，你认为这个社会的本质是什么？"叶田田眨巴眨巴眼睛讲不出话，男同事带着鄙视的神情继续说，"瞅你这么单纯，还做资金？你个小姑娘啥也不懂，还有点死要面子，我都不知道老板为啥招你。"

才见面没几分钟，怎么就被别人看透了？叶田田感到有些脸红，感觉这同事有一大堆难听的话准备着随时伺候自己，于是用假装轻松的口吻说："一定是因为老板上了我的贼船，就下不去了。"

"不好笑。"同事呛了她一句继续扒饭，他吃起饭来的样子就好像三天没有吃东西了。

叶田田瞅瞅这人，有点不想搭理他，可是往深里想，感觉这人说得也没错。

来了这里没多久，叶田田发现陈剑的这家公司真的是卧虎藏龙，而Eva是里面最闪耀的夜明珠，经叶田田打听原来Eva是陈剑的合伙人，也是这家的高管，所以自己这么快被录取，应该是和Eva有关。唉！上次强硬地拒绝了她提供的机会，没想到现在还是受了她恩惠才找到工作。Eva真是什么都比自己优秀，她身高一七二，模特身材，一头乌黑的黑长直，一双乌黑的扑闪着的大眼睛仿佛会说话，她背景一直很神秘，周围的人从没听她说过家人啊亲戚什么的，但同事经常看到一辆黑色的劳斯莱斯来接她下班。

陈剑本科是国内一流大学，后来去哈佛大学读了个MBA，早年的时候投资了一家半导体公司，现在已经到Pre-IPO（上市前股权投资）阶段了，这个项目他赚了十倍的收益，身家直接过亿，然后又运作了几个科技类的项目，直接跻身上海滩金融新贵行列，是个做一级市场项目的黑马。

他有三个极其信任的心腹：Eva，尹博士和马来熙。

这三个人各司其职，Eva负责商务公关，尹博士负责法律和税务方面的事情（有点类似于大内总管），而马来熙负责对外项目的挖掘和跟进，几个人从很早陈剑开始做资本项目的时候就认识了，一直配合到现在，因此极其信赖彼此。

最近陈剑又看上了一个半导体项目，近年来国家对半导体项目的重视不言而喻，几乎所有的电子产品都必须要用到芯片，芯片是电子产品的心脏，国产芯片的研发进程直接决定了中国是否能够在国际上取得芯片自由和独立。

五年前陈剑就已经弄了一个小盘子取名叫"芯片星球"，花了八千万，买了场地和设备，用于做一些基础的研发。但是这几年钱烧得差不多了，项目起色不大，他因此而忧虑如何将整个项目盘活。

这四个人经常聚在办公室里，一开会就是一整天，吃饭就叫人事送进去。今天又聚到了一起，商量接下来芯片星球的打算。陈剑端坐在门对面的位置，其他人分别在沙发上坐着，Eva坐在单独的一个沙发里。这是陈剑的私人会议室，布置得颇有传统国企的严肃风格。

"最近的股市挺好。"最先说话的是马来熙，他身高一米八，又黑又壮，戴着一副黑框眼镜，1990年出生，老家是郑州的。

"是啊，我买的股票都涨得不错。"尹博士伸手去拿桌面上的葡萄，金丝框眼镜里反射出一丝得意，他眼睛很小，透露着狡黠和精明，皮肤白皙、身材肥硕，永远是衬衫领带西装外套，很有精英风范，但是贪吃还是暴露了他无法克制欲望的属性。

Eva坐在沙发上微笑着看着他们交流。她气质优雅，坐在那里不说话就给满室带来静雅的氛围。

一丝带有嘲讽意味的冷笑爬上陈剑的脸，他慢悠悠地说道："那都是小钱，我向来看不上，二级市场就这样，一群股民，非得说自己是做金融的，赚了些钱就觉得自己是金融圈大佬了，就是这帮没水准的人带坏了风气。"

"没错，"尹博士拿起几颗葡萄推了推金丝眼镜框说，

"最近不是有个基金经理猝死事件？都上头条了，才三十出头，我看啊没那么简单。二级市场什么人都有，说不定是这基金经理得罪了不该得罪的资方，被人下了黑手。"

"太多了，所以我叫你们少碰少接二级的事情，平时炒炒股就算了。我今天上午还推掉一个证券老总的项目，说要和我们一起做一个五十亿的二级盘子，被我拒绝掉了。"

"对方什么条件？"马来熙问。

"他们出十个亿，让我们这边出十亿，然后银行再配资一些。算了，精力要集中，我们回归到芯片星球这个项目上来。最近政府那边怎么样？"陈剑看向Eva。

Eva不紧不慢地放下手中的茶杯，抬起头看着陈剑，她今天穿了一件黑色的旗袍，将凹凸曼妙的身材完美地勾勒出来，脸上化着淡雅的妆容，眼睛里闪烁着调皮可爱的光，用少女般轻柔的语气说道："我这周还要去趟北京。那边有位老领导很关注咱们的项目，只要他认可，咱们后面的资金基本上也不必去别处找了。"

"嗯，"陈剑低头沉闷地哼了一声，"要我跟你一起去吗？"

"你能去那当然更好了，但你最近不是忙？公司这边我看每天都很多客人来。"

"都是一些不重要的客户，看你这边人物的重要程度，如果有必要的话我们就一起过去。"

Eva乌溜溜的大眼睛盯着陈剑看了几秒，缓缓地说："那我们就一起去吧，跟你提了这么久，也没说见一面，这次正好了。"

"好。"

"叶田田那边怎么样，有带来什么资源吗？"

"带来了两个，民间土豪。"马来熙带着嘲讽的语气说，"那小姑娘没心眼，什么话都敢说。"

"我就是相中她这一点，"Eva眉眼间带着笑意说，"资本市场上很多老板也正是相中她这一点，看起来很天真很傻，因此大佬都对她极其信任且毫无保留。"

"她这些特质稍微调教下还是很好利用的，"尹博士说，"冲动，仗义，真性情。"

"没错，你好好对她，她什么都愿意帮你做。"Eva说。

陈剑点了点头，对Eva说："她带来的那些个客户，还是可以挖掘挖掘的，要不你后面也一起跟一下吧。"

"可以，她的那些客户有的我早听她说过，基本都是些道貌岸然的有钱人，没她说的那么正经八百。"

"叶田田应该可以拿下这两个客户的，只是她还有点不上道，你带带她。"陈剑说。

"好。"Eva应承下来。

"半导体这个项目，一定要做起来，"陈剑说，"这个项目一旦起来了，咱们的江湖地位就奠定了，现在国家支持的力度这么大，我也压了很多资金在这项目上，这些年行情不好，许多项目都赔钱，这个项目一旦起来，其他项目的亏损都不算什么了，因此大家都加把劲儿，给大家的回报也放心，绝对比以前的都要丰厚。"

"老板您放心，这项目我和老马这边肯定全力以赴。"尹博士信誓旦旦地保证，他嘴里刚咽下没嚼烂的葡萄，肥硕的身材加上雪白的皮肤使他看起来像一只肥嘟嘟贪吃的仓鼠。

陈剑点了点头，感到很满意："没什么事，今天就先散了吧。"

开完了会，Eva就叫上了叶田田一起出去喝下午茶。为了感谢Eva介绍工作，叶田田特地挑了个贵的地方打算请客，还顺带叫上了陶昕然。以前叶田田帮Eva介绍资源，这回Eva帮自己介绍工作，算是泯恩仇了。

"Eva姐，我都不知道怎么感激你。"叶田田说，"现在觉得自己简直太小肚鸡肠了，还是您大度。"

"哪里的话，你还年轻，我像你那么大的时候也是风风火火的。最近怎么样？在公司一切还适应吧。"Eva问。

"挺好的，大家教了我好多事情，只是我有点笨，学起来很慢。"

"不要紧，慢慢学，客户那边怎么样呢？"

说到这里叶田田低下了头，沉默了一小会儿："Eva姐，不瞒你说我最近有心事。"

"哦？说来听听。"

"我有一个很好的朋友，我也不知道算不算是朋友，但是我们一起跑了好多年的项目，就在上个月他突然不理我了。原因是什么呢？我也讲不清，就是一个项目，他没投，然后就不理我了。我觉得很莫名其妙，本来觉得也不是什么大事，大不了不要这个朋友了，但是心里还是觉得不舒服。你能帮我分析分析吗？"

"你们最后一次见面他都说了什么？"

叶田田思考了一会儿："说了一些跟项目无关的，看着我的照片，说我那时候看着好小好年轻之类的，追忆过往。"叶田田说，"他那个眼神就跟看闺女长大了似的。"

"别的没说什么吗？"

"没说，就说回去再推推看，就没下文了。"叶田田叹了口气。周锦龙再没有搭理自己，这让叶田田开始怀疑自己以前对他的看法。叶田田实在是有些想不明白，他看起来就像被什么绑架了，行动和语言总是矛盾的，脸上从来都看不出表情的起伏。他已经三个月没联系自己了，他好像一下就放逐了她，不再理她了，到底是什么，让她在他心里彻底失去价值，仅仅就是因为看到了自己的窘境，因为自己摊了底牌？这三个月叶田田心里很苦，虽然她重新找到了工作，她想起周锦龙最后一次看自己照片的那个眼神和那段话，自己二十六岁三十岁的阶段他们在工作上相伴彼此，四年的时间，这对一个老男人来说不算什么，可是对于叶田田，那是……是她人生中最重要的青春阶段。

"这很正常，"陶昕然说，"他可能觉得你以前陪伴他就是他的人了，现在觉得你没用了，就不想搭理你了。"

"要不要这么直接？"叶田田瞪了陶昕然一眼，"我经常觉得像他那种人说话就像一潭死水，了无生趣，充满腐臭味，不搭理也好，解脱了。"

"可是你想那么多干什么呢？利用他们赚钱不就好了。"陶昕然说。

"我总觉得可以结交一些真心的朋友啊什么的，如果一心只考虑赚钱，那整个过程就很痛苦，很无聊，也很冰冷。你会轻易地抛弃一个商业合作伙伴，当他的商业价值被榨干时，可你不会轻易抛弃朋友不是吗？"叶田田说。

"周锦龙他有资格抛弃你，你不是他的家人。你甚至不是他的朋友，是你的定位错了。"Eva说，"其实你心里一直也没有把他当朋友，你看你一直叫他周总，有任何其他作为朋友的称呼吗？你一直是知道的，只是你没意识到你知道。"

"你在说什么啊？"叶田田一边思忖着Eva的话一边说，"他当我是朋友，我帮他……哦天哪，他只有用到我时，我才是朋友，感觉我不行了，立马撇开，还和别人说感激我，但其实早就在心里抛弃了我……这！简直比绿茶还绿。"

"所以他的头像是一盆绿萝啊哈哈哈！"陶昕然说罢便笑了起来。

"哈哈哈。"叶田田苦笑，眼泪都要流出来了。她觉得奇怪，为什么自己的坦诚能够让别人觉得胆战心惊。好像自己越聪明越有魅力，他们就越是害怕，他们推崇那种愚蠢的好操控的美女，与真相无关，与智慧无关。

叶田田现在特别害怕那种"会做人"的人，一点忠诚度都没有，风怎么吹，他们就怎么倒。那天喝完下午茶，叶田田不再纠结了，将所有心思都投入到了工作中。

三

1.

"小叶，我最近一直在忙，你最近怎么样？"

看到这则消息的时候，叶田田正在公司的办公位上做演示幻灯片。她感到内心震颤了一下，赶紧确认发这消息来的人是谁，果真是"绿色的植物"，周锦龙又出现了。在那次叶田田寻求帮助而未果后周锦龙竟然又出现了。

紧接着"绿色的植物"又发来消息："听说你最近找工作了？"

他是从哪里听说的？彭冰、洪浩金，还是陶昕然？她突然发现自己和周锦龙共同的好友可真多。

一个月前，她还在为了手机对面消失的乐而郁郁寡欢，而现在周锦龙的一则消息就让叶田田欢欣雀跃。她也不知道为什么，那是一种来自本能的开心，似乎周锦龙的消息比李乐宇的更加要让她激动。

"对呀，换公司了，您要不要过来看看？"

"我也想说呢，去看看你们公司的项目。"

"好的，周总，我把位置发您，到时候在公司等您。"

"我带你一起过去吧，反正咱们离得近，早上我开车过去接你，一起过去。"

这突如其来的热情让叶田田有些不知所措："好吧，那谢谢您。"

他这是怎么回事？叶田田感到匪夷所思，他以前可从来没这么主动。但是周锦龙消失的这三个月，她其实有点想他。她也觉得投资这件事情，无论周锦龙投不投自己都不应该怪他，毕竟人家没有义务帮自己，可是她还是觉得哪里不对劲，哪里呢？她说不清楚。

第二天早上，周锦龙还真的开车到了叶田田家楼下。叶田田觉得有人接自己真好，比打车方便多了。一路上叶田田觉得有些尴尬，她第一次搭周锦龙的车，而且两个人又是三个月没见面了，不知道说些什么。好像为了缓解尴尬，周锦龙将音乐开得很大声。她发现他好像什么歌都听啊，一曲接一曲的，完全不是一个风格，也或者他什么歌都不听，只是为了缓解尴尬随便放了几首歌。

"我们投资了彭冰，他跟你说了吗？"

"没有。"叶田田心里感到有些不快。

"投了两千万。"周锦龙补充道，"这下你可赚钱了。"

叶田田低下头，能不能拿到钱，还要再说，一看彭冰能不能把业绩做好，二看他做出了业绩后能不能守约分钱。

"怎么你不开心呢？"

"开心呀，你们投了，我还不开心？谢谢你告诉我哦。"

"开心就好。"

周锦龙语气很平静。叶田田突然发现他好像也没那么傻，她以前总觉得周锦龙老实巴交又有点坏，可他现在看起来也没那么坏，还有点平易近人。

很快车开到了公司，叶田田和周锦龙将车停好后便径直上了楼。知道周锦龙要来，陈剑提前叫了几个专家来和周锦龙一起聊项目。叶田田带周锦龙进了一个布置得很严肃老派的会议室，墙上写着"勤奋克己"，而陈剑则端坐在办公桌尽头的正位上，身后是一幅山水画的屏风，这样的氛围加上陈剑的气质，有种能够掌控一切的气场。

周锦龙走进会议室，确实被这一番气派震撼了，整个人登时变得正式且客套起来。

"陈总您好，常听小叶提起您，今天一见您可真是仪表堂堂，年轻有为啊！"

"哪里，哪里，周总快请坐，小叶去给泡杯茶。"话毕，陈剑伸出右手让了个位置给周锦龙。

叶田田去泡茶的工夫，几位已经聊开了，参会的除了周锦龙和陈剑，还有尹博士、半导体专家高院士、Eva，以及马来熙。

这等阵容看得周锦龙异常欣喜，他本来就是个爱才惜才的人，看到这一片都是高校院士博士再加上EMBA大美女，顿时就被气场震慑了，整个交谈过程，欣然自得的表情一直挂在脸上，就好像自己也变得很优秀很厉害了一样。

几个人简单寒暄了几句，陈剑就开始步入正题——

"这几年国产芯片国家的支持力度不言而喻，听小叶说周总您也投资了不少医药领域的项目，我们的发展目标也是一样，总之就是一心向人民，跟着国家的步伐走。我们的芯片星球项目汇聚了国内八家先进的芯片制造公司，分别处于不同的发展阶段，目前国内的政策环境宽松，是大力发展半导体产业的好时机。"

陈剑一番侃侃而谈的介绍后，高院士出来做补充："周总，我见您可能也不是很熟悉技术领域这一块，实际上是这样的，我们半导体行业其实比较复杂，科研难度很高是众所周知的，另外就是设备买不进来，技术人员不够，核心人员容易被挖走，创业者意志不够坚定，等等，都可能成为半导体行业前行的绊脚石，但是陈总这边是我们很多科学家和领导都比较看好的先进杰出人物，我们相信陈总有能力在这个领域做出成绩。"

说到这里，叶田田瞄了一眼陈剑，他红光满面，一副志得意满的表情。

聊着聊着两个小时就过去了，几个人都有对项目进行补充，周锦龙也有发表自己的观点和见解。中午大家在会议室简单吃了个盒饭，周锦龙就打算回了，结果叶田田也借着见客户的名义，坐周锦龙的顺风车开小差回家了。

"你们的这家公司真是不错呀！"周锦龙边开车边夸赞道，"陈老板年轻又能干，身边汇聚了一帮精兵强将。"

"那你投不投？"

"哎，你这人！我回去好好研究下，他的那个半导体产业园，叫什么芯片星球的，听下来确实有前景，后面我叫小王来跟你的项目。"

"好的。"

"我问你个问题哦。"

"你问啊。"

"你在这个公司，你们老板一个月给你多少钱？"

"哎呀，也没有多少。"

"没有多少是多少。"

"哎……"叶田田也不知道该不该讲，但看着周锦龙一脸期待地扭头看着她，"三……三万。"

"三万！"

"怎么了？"

"你这工资也太高了！"

"有吗？"

"比我们公司的员工都高。"周锦龙扭过头去看路不再说话。

叶田田心里一阵暗爽，心想自己还没说这是税后呢，她有种复了仇的快感。"这很高吗？"

"相当高，"周锦龙侧过脸来看叶田田，"我就想知道凭啥，你说你。"

"你是看不起我喽，觉得我不值这个价。"

"难道不是吗？你有啥能力？"

一番话虽然是实话，但说得叶田田十分气愤："我也是很有能力的好吗？只是有些人没发现。"

"不是你这工资高得都让人怀疑。"

"怀疑什么？"

"哎！"刚好一个红绿灯的路口，周锦龙停下车望向窗外，"看来你这个老板非常喜欢你啊！"

"不喜欢我招我进来干什么？"

"那你跟着他好好学吧，多好的平台和机会。"

看来这个项目也有戏，叶田田心里想，自己没有想到周锦龙这次回来的态度竟然来了个180度大转变，对自己异常热情，说话还奇奇怪怪的，扯东扯西开始什么都聊，尤其对自己的私事非常感兴趣，不太将话题停留在项目上。

可是彭冰的态度让叶田田感到不爽，他竟然只字未提周锦龙投资了他的事情，还要资方亲自来告诉自己，若不是周锦龙仗义，彭冰难道就打算不告诉自己了？

彭冰的贪婪自私和没有契约精神让叶田田感到害怕。每每想到这个1992年的年轻人，叶田田就像吞了个带刺儿的冰棒槌一样难受，那个年轻人总有种乖张暴戾的气质，就像贴着冰皮的火焰山，冰冷刺骨，又随时有喷发出来淹没一切的可能。

周锦龙将叶田田送到了小区门口，叶田田往家里走的时候，隐隐约约感觉到他的车子在身后停留了一小会儿，但是她也没有回头，假装什么都不知道。与他断联的这三个月，叶田田的心路发生了很大的转变，再次找到工作，结识了新的朋友，与乐的分手风波，都让叶田田对过去的人事物有了新的认知。她比以前更温柔有耐心了，也比以前更笃定了。

2.

叶田田的工作能力确实不太行，尤其是文职类工作。

有一次，老板发给了她一个九十分钟的录音，让她整理出一份会议纪要，她以前没做过会议纪要，听录音听得直犯困，于是顺手就用语音转化软件将录音翻译成了文字，一共两万字，叶田田稍微整理了一下，就给老板发过去了，很快老板就连发了三条消息过来——

"这是什么？这是会议纪要？你没发错文件吧？"

"是啊，我整理的，会议纪要。"叶田田还附送了个微笑的表情。

"两万字！你要我读小说吗？"

然后老板就发来了长长的语音，告诉她这不是会议纪要，要精简，提炼重点。

于是叶田田大刀阔斧开始精简，半小时后，她又发过去了一份一万字的会议纪要。这次老板隔了很久才发回信，仍然不是他想要的会议纪要，不过他还附了一份会议纪要的模板过来，不到两千字。叶田田秒懂了，可是一个半小时精简到两千字要怎么做？到底哪句是重点？她只得一遍一遍听，一共听了三遍，一天过去了。她第二天才交上一份稍微像样的会议纪要。这简单的一份文字工作，她竟然做了一天多，老板心里很不高兴，但还是安慰了她一句："没事，你没做过这个，以后慢慢就会了。我让其他人带带你。"

结果安排过来带她的前辈竟是那个胖男同事。

她配合这位前辈去做方案，前辈让她整理下市场方面的资料。她东截西粘，做了三十页。结果被采用在真正演示文稿上的就一页，她问前辈："还需要我再做啥修正吗？"

"不用了，亲，吃好喝好就行。"男同事面带嘲讽地说，似乎认定了叶田田是个干啥啥不行、吃啥啥不剩的没用货。

收到了这句回复，叶田田快崩溃了，她对自己的基本工作能力十分质疑。可是别人毫不迟疑，都一致认为她没有基本工作能力，她不仅不会做方案，汇报工作也总是往枪口上撞，哪壶不开提哪壶，接待政府人员也不够庄重。

因此一个月下来，她觉得自己就是个无用的废物。上班一个月，她几乎当遍了全公司所有人的助理，可她什么都干不好，也不会说好听的话，因此遭到了所有人的嫌弃。

晚上回去，她疲惫地给乐发消息——

我好闹心，老是完不成老板交代我的事情，但是我也不愿意为了赶进度滥竽充数，虽然现在做事会比以前好一点，可还是不满意，晚上回来开始研究怎样做各种资料，就感叹自己和别人的差距也太大了，沧海和水沟的对比。我也反复去练习去研究了，可我超级笨，只能自己一点一点摸索，但是我也没有别的办法，讲实话这种笨拙的方式，我自己用着还挺开心，大概就是感觉进步一点儿了，就很慢的那种，像蜗牛在爬。但我就老是哭啊，因为我闹心啊，我感觉我人生的大部分时间都处于微微的痛苦当中，这种痛苦来自探索，就是整不明白啊，等到明白了，又开始进入下一个问题，来不及享受成功的喜悦，又轰隆隆地上路了。所以就只能以苦为乐，明天还有一个会议要参加，本来今天要去的，实在是没时间了。不过前辈说我人还算好，态度还算积极，我就天天听他们聊项目、方案、八卦、医药行业、航天产业，还真是长见识了，感觉自己像个熔炉。其实最近也发生了很多稀奇古怪的事情，不过我都没时间整理，慢慢说吧，总感觉自己所处的位置不过是整个行业的冰山一角。我现在就恨不得生出三头六臂，早晨出门还能蹦跶两下呢，晚上就蔫儿了，感觉自己透支生命呢。睡觉前不看两页哲学书都睡不着，就跟吃止痛药似的，想想几个月前的自己，年少无知，太轻狂啊！

"你的新工作是做什么的？"乐问她。

"投资。"

"有什么好的投资项目推荐吗？"

"股票可以吗？"

"可以。"

叶田田想到彭冰最近在重仓一只股票。

"天涂智能。"叶田田说，"你可以买这个。"

"行不行啊，靠谱不？"

"买吧，半年翻倍。"

"说得跟真的似的。你从哪听来的消息？"

"我的两个老板都提到过这只票。"

"两个老板？你说那个朱放？"

"欸，你的记忆力真好，我说过一次你就记住了。"

"这名字很好记，反过来念就是放猪。"

"哈哈哈哈，你怎么也和他有仇？"

"他这种人仇家应该很多吧。"

"我开玩笑，他仇人是不少，还经常有他小三的老公要来弄死他，怎么活到现在的我也是好奇。"

"哼，这种人就该早点死！"李乐宇说。

"哇，你竟然这么讨厌这种人，说明你是好男人咯。"

"我不见得是好男人，可是败类谁不讨厌？"

"也是，所以你买买他的股票，赚赚钱，应该就没那么讨厌了。他虽然人品差，可是赚钱能力很强。"

"自由叫人放纵，钱就是自由，放纵是恶的起源。"李乐宇的语气有些激进，叶田田没有想到他竟然也这样讨厌朱放这种人。

"有道理，哲学系高才生就是不一般。"叶田田油然而生出一种敬意。

"你早点睡吧，先不聊了，股票我看看，买了和你说，分你钱。"

"不用分我钱的，晚安哦。"

"晚安。"

3.

陈剑和Eva乘坐的电梯直达别墅的第三层，是个餐厅。

今天要见的董玉岭曾经是国企高管，后来跳槽到恢弘基金做了一把手，这个基金掌管了六百个亿的资金，因此得到了陈剑的高度重视。

紧赶慢赶，两个人还是微微迟到了。

"实在是抱歉各位，今天会议太多了，路上又堵车，我自罚两壶。"说罢，陈剑将两壶酒倒进了一个透明的盛酒容器，几乎一口气喝下。

"哎呀，陈总。"董玉岭连忙挂起了一脸笑意，"您实在是太客气了，好，那我也敬您一杯。"

说罢董玉岭拿起旁边的酒杯将杯中酒一饮而尽。

两壶酒下肚，陈剑的脸上泛起微红："难得董总赏光，咱们今天吃好喝好，其他的不谈。"

董玉岭脸上露出了满意的神色，陈剑在一旁吩咐上菜，先是上了一碗海参汤，紧接上了几个精致的冷盘：酱香鲍鱼、银杏百合、红枣山药泥，以及软烂入味的秘制宫廷牛肉。接下来，随着高挑美丽的服务员指引，一道道山珍海味一次次登场，和牛、炖甲鱼、佛跳墙、帝王蟹、松茸鱼子酱、深海鳕鱼，以及各种海鲜刺身。任谁在这种场合都会油然产生极大的优越感。可对于常年赴宴的董玉岭来说，早已司空见惯。

几个人吃着喝着互相敬酒，更多的时候，话题还是由陈剑来引导，他诉说着自己怎样一路从一无所有打拼出来，怎样在一级市场上拿项目，铤而走险将自己的身家全部押了进去，才有了后面十倍的收益。听者是第一次听，说者却演练了很多次了，男人在吹嘘自己的成功经历时永远不会腻，始终会像第一次时那样兴奋和自得不已。

然后就是董玉岭讲述自己怎样一个知识分子的家庭，一路顺风顺水地成长，可是厌倦了国企的平淡无味，于是在家族资源的庇护下，下海做事，管理基金，而现在正缺陈剑这么一个一级市场的黑马，来辅佐自己达到下一个财富巅峰。

　　酒喝半晌，几个人互相吐露了心迹，心贴得更近了，关系比亲兄弟还要好。于是陈剑招呼着几个人到第二层招待室休息一会儿。

　　别墅的第二层是个KTV，几个人在雪茄室里吞云吐雾，渐渐开始迷醉了起来。没多久，"妈咪"带着姑娘进来，陈剑看着董玉岭挑选，可是董玉岭看了半天，换了好几批，还是没有中意的，最后勉强选了个肤白胸大的。陈剑看见了嘴角挂着笑意没多说什么，选了几个姑娘也主要是陪大家喝酒唱歌聊天。伴随着轻松暧昧的气氛，几个人俨然已经成了亲兄弟，有什么事情可以随便吩咐，对方可以赴汤蹈火地去执行。带头的"妈咪"更是夸张，一个劲儿地说这些年受了陈剑多少帮助，说他是自己的大恩人，为了他就算贡献自己的生命也愿意。陈剑一脸自豪地看着这个四十岁左右的"妈咪"诉衷肠、出洋相，脸上露出了满足和满意的神色。陪酒的姑娘也有些喝大了，差不多气氛的时候，陈剑叫手下带着几个姑娘出去了，偌大的房间只剩下了他和董玉岭两个人，两人一边抽雪茄一边将脖颈靠在柔软的沙发上。

　　"说实话陈总，这些年来找我的黑马啊新贵啊不少，可是这么多人里我最看好的就是你。"

　　"过奖过奖，董兄，今天招待得可算满意？"

"满意，有什么不满意的呢？陈兄你不仅是赚钱的好手，连享乐都这么拿手在行，以后可要多聚常聊。"

"过奖了，董兄，想不想看看最后一层是什么？"陈剑露出意味深长的笑。

"最后一层？"

"这里所有的房间，每一个都有惊喜。"陈剑吸了一口雪茄，迷醉地看着董玉岭。

没一会儿，他便带着董玉岭来到了别墅的第三层。这一层有很多扇紧闭的门，董玉岭推开第一扇门，映入眼帘的是一个穿着旗袍的曼妙女子，乌黑的长发带着些微的波浪卷，一直垂到腰间。她坐在古筝前抚弄着琴弦，抬起眼帘，媚态尽显，只一眼就将面前的男人震慑住了。董玉岭有些痴呆地望着眼前的古典美女。陈剑看着董玉岭，表情甚是满意，可没等董玉岭反应过来，他便被陈剑带着进入了下一个房间。

第二扇门一打开，赫然在目的是一个穿着黑色吊带连衣裙的女子。她看起来成熟妖媚，端庄又带有浓郁的情愫，充满欲望的身材加上几分青春的脸，很符合当下的"纯欲风"审美。初见时，董玉岭嘴角便挂起了微笑，眼神不停地在美女的身上游移打量。可陈剑仍没有逗留，又迅速带他去了下一个房间。

第三扇门，是一个外国美女，身材饱满，皮肤通透雪白，长发及腰，葡萄大眼会放电。她穿着一条白色的连衣裙站在窗前，见到有人进了房间，露出孩子般的笑容，那一笑纯粹得令人动容，如春日阳光般明媚，又像秋季新采的蜂蜜一样清甜。就是那一个微笑深深打动了董玉岭的心，他感到浑身一阵酥麻，仿佛被电到了，喝过酒的脸颊更加发红，双腿仿佛灌了铅般不听使唤。清纯，可是眉眼间透露着媚态，看起来又纯又欲。这种反差感瞬间俘获了董玉岭的心，他开始脸红，心跳加速，开始不知道说什么好。

几秒的工夫，陈剑已经解读了董玉岭的表情，脸上带着破解了某种密码的欣慰。他没有再带董玉岭进下一道门。

"静静，你跟我们出来一下。"

白衣纯美女孩听到老板叫自己的名字，微笑着向两位走了过来。董玉岭脸愈发地红了，心跳频率骤升，所有人都感受到了他的紧张。

"今天，接下来的不管几天，你把董老板陪高兴了，这是你的任务。"

陈剑说罢也没有废话，把董玉岭和美女静静单独留在了三楼。静静知道接下来怎样处理。

窗外已经逐渐拂晓，已是黎明，夜将要过去了，可是对那些迷醉的人来说，夜才刚刚开始。

"他在这里待了几天了？"

"快一周了，还是意犹未尽，据说光给小姑娘的打赏就有两百万了。"

陈剑的脸上露出了嘲讽又满意的笑容，想到久经沙场的老狐狸也能被一个小姑娘扰得七荤八素。他为自己投对了老狐狸的胃口而窃喜，又为对方久经沙场还能失足而感到嘲讽。董玉岭的投资是整个项目的关键环节，只要他全力支持，后面不仅恢弘基金的钱可以随意调动，还可以利用董玉岭的人脉资源，多家基金联合炒项目。等项目估值一路升高再出手，到时候就是囚徒困境，先到先走的，必然赚得盆满钵满。

"今晚再招待一次，还是在三楼。"

"好的。"

刚吩咐完，手下就离开去办事了。

陈剑站在私人豪宅的落地窗前，手里拿着一杯红酒，怔怔地盯着远方。这房子三百平方米，价值八千万，位于上海富豪云集的古北黄金城道，邻居不是一线影星就是当红权贵。这个小区非富即贵，可是楼盘的换房率却很高，富豪的财富巅峰像极了年轻女人的青春花期——转瞬即逝。

"你最近要少喝酒。"

一个身高一米七二的模特身材女人走了进来，她穿了一件翠绿色的旗袍，质地轻盈，看起来就像春风下的杨柳一般轻盈飘逸。她姿态优雅地走过来，轻轻侧坐在陈剑的腿上，右手揽住他的脖子。

"医生不是说了吗？用药期间少喝酒。"说罢径自拿过他手中的酒杯轻轻地啜了一口。

陈剑微笑着看着眼前的古典美人，自打Eva入住了这个家，冰冷的豪宅多了许多生气和文化韵味。

Eva的高级感不来自于香奈儿，当然她的自信也不建立在藐视一切的基础上。一个人开口的一瞬间决定了别人看待你的眼光，日常的行为举止决定了你与他人的关系，Eva总是让人感到全方位地如沐春风。

"你来了。"陈剑微笑着看向Eva，"最近怎么样？"

"都很好呀，我给你带了件小礼物。"说罢Eva从包里拿出了一个盒子，打开盒子是一个卷轴，随着卷轴缓缓推开，娟秀的字体映入眼帘。

"你写的？"陈剑望着"物竞天择"四个字，眼神里闪烁着赞叹和诧异。

"怎么样？是不是进步了很多？"

陈剑双手拿过卷轴一边欣赏一边啧啧称赞："才貌双全，不可多得。"

Eva低头露出娇羞的笑容。陈剑看着她恍然间想起了什么。

"叶田田那边，你再做做工作。"陈剑说

"她怎么了？"

"周锦龙那边，她推进得不够积极。"

"那是你没把住她的命脉。"Eva一副志在必得的姿态。

"所以我要你出马，你和她认识那么久了，而且你们女人最懂女人。"

"你不要把太多的筹码押在周这边，叶田田这人就像野马，不好管。"

"可以，"陈剑又将她抱到怀里，"你办事我放心。"

4.

当太阳从外面照进来的时候，叶田田感到一阵心慌。此刻的她刚从睡梦中醒来，已经是中午了。她赶紧起床洗漱，回到房间拿手机，才发现今天是周六休息日。于是重新又回到了床上，可是又感到一阵心慌，她看着手机上面的蓝色小头像，他已经三天没有发来消息了。

"这样的日子什么时候是个头？"

叶田田已经无数次问过自己这段话了，从认识李乐宇到现在已经半年多时间了，他们就这样保持着联系，她习惯了深夜起来翻看微信，习惯了清晨的一句早安、晚上的一封信、偶尔的电话，但是从来没有视频过，从来没有。他还时不时地失踪，经常一连几天甚至一星期、半个月找不到人，她有时候会怀疑对面的男孩子是否真的存在，是否这一切都是自己想象出来的，或是像陶昕然说的那样：他是个骗子。每每想到这些，她就迅速打断自己的想法，用一些积极的想法来安慰自己，让自己相信对面的男孩是真实存在且爱自己的，于是她赶紧从床上坐起来。突然彭冰打来了电话，叶田田接起电话，就听彭冰跟她要银行卡号，说周锦龙那边分红了，要给叶田田打钱，本来困兮兮的她瞬间精神了，没等彭冰说完就赶紧挂了电话，把卡号微信给彭冰发过去。没一会儿，就收到了分红的三十万，叶田田又惊又喜，直接从床上跳了起来。果然钱能治百病，什么失恋啊分手的，此刻全都被她抛诸脑后了。她觉得彭冰就是神，但是她也没有那么近视，这件事还是要感激周锦龙。于是叶田田赶紧给周锦龙包了个大红包，作为长辈和朋友，她觉得周锦龙都很照顾自己。出来工作不到一年的时间，叶田田就赚了三十万，这让她开始沾沾自喜，虽然恋爱谈得艰难，但是好歹口袋里赚了钱，心里就多了许多底气。

"哎，彭冰这个男孩子挺好的，你为什么不考虑考虑呢？"叶田田给周锦龙送红包的时候，他坐在沙发上问她。

"考虑他什么？"

"我说结婚，你俩一个未娶一个没嫁的。"

"那也得人家看得上我啊！"

"要有自信，而且，女孩子要主动，这个时代已经不像以前了。"

"可是我有男朋友啊。"

"你那个不算男朋友，根本就不靠谱！"说到这里周锦龙加快了语速，他不想和叶田田提这一茬。

公司突然给叶田田安排了两个项目，搞得她有点焦头烂额。也许是受到了陶昕然一番话的影响，叶田田对李乐宇的爱确实开始动摇。每天工作这边忙里忙外，回到家她还要为和乐见面而伤脑筋。李乐宇没有要回来的意思，现在疫情那么严重自己又不太能出去。

有一天，李乐宇突然约她见面了，问叶田田要不要去北美。可是叶田田的事业才刚刚有点起色，她终于渐渐学会了做项目方案以及如何接待政府领导，这个时候去国外岂不是所有的一切都要放下？她开始失眠，要不要去北美？叫他回来也不现实，他刚刚办理移民，需要在国外待满十八个月，都熬到一半了，现在放弃身份，代价也太大，也许该自己过去呢？

陶昕然的建议是，嫁人才是最重要的，如果一切属实，李乐宇又愿意娶你，那你还做什么项目，做项目一年才能赚几个钱？找个金龟婿，根本不要上班，还能比这些职场女精英有钱。但她仍然坚持认为李乐宇是个骗子，她说并没有申请移民期间只能待在加拿大的规定。Eva的建议是，男人是个不稳定因素，你去了国外不一定能结婚，结了婚不一定能长久，长久了也不见得就幸福了，事业是一个女人立足的根本，因此应该留在国内。家里人这边就更不用问，他们早就劝她结束这段感情，可她还是纠结，就像站在两坨稻草中间的驴子，不知道该放弃哪一边。

"如果我去纽约，再去加拿大，你怎么安排我？"晚上她问李乐宇。

"因为我们都还没见过面嘛，我也不确定能不能和你结婚，毕竟都没见过，所以结婚我不能和你保证。"

叶田田心里想，他倒是认真，我都没提要结婚，其实叶田田也没想要和他结婚，不过既然他有这种想法，自己也不说破，给他点压力也蛮好，说明他有认真考虑过未来的生活。

"不过，你来加拿大可以住我家里，这里很大，景色很美，很值得旅游。"

"我又不去旅游。"

"那这里美食很多，我开车带你去玩。"

"我对美食也不感兴趣。"

"总之，你来我好好招待你，但我不能给你什么保证。"

叶田田觉得对方太没有诚意，她放下手机，一阵失望袭来。她和他网恋半年了，如果是刚开始的时候，有可能他一句话她就立马飞过去，可现在，事业的起色让她逐渐多了许多底气，有了选择的权利。

"疫情这么严重，我冒着生命危险去，你就这样忽视我的生命，我觉得我在你心里都不如一只小虫，以后还是不要联系了，你在那边做你的事，我国内的事业我也不会放下，总之就这样了。"

发完那条消息，见李乐宇没有说话，却看见蓝色的小人渐渐变暗。半小时过去了，他都没有再回复。叶田田去阳台上抽了根烟，删除了他。

也许是生气了，失望了，总之他们之间结束了。一阵剧烈的难过袭来，她哭了起来。这半年来的网恋，他陪她度过了自己最艰难的时刻，而现在一条短信，删除了彼此，这段爱情就灰飞烟灭了。

再好的男人都没有项目、没有真金白银来得实在，她感到心里剧烈地痛，但是有工作，可以让她从痛苦中抽离出来，于是她很快就投入到了热烈的、滚烫的生活中去。她夜以继日地工作，经常十八个小时不睡觉，聊项目，盘资金，和同事开会。她觉得金融行业的成功不需要多少智慧，只是需要很多隐忍。越是隐忍她就越是想念那个让她能够畅所欲言做自己的人。

可是有一个下午她午睡时梦到乐，梦到他们一起在西温美丽的公园里散步。醒来泪流满面，她想起这一路以来自己创业的不易，想起金融圈对待洪浩金这个无权无钱人的态度，想起周锦龙可以说不理自己就不理自己，想起和乐的爱情，自己的卑微，可就是想不起自己的梦想是什么，自己来到世间是为了做什么。恍惚间，她甚至开始怀疑自己是谁，内心的痛楚像即将喷发的火山无法压抑。

于是她默默地从家里走到对面的公园，刚好落日时分，刚好有夕阳，刚好地铁驶过。那个画面，就像沧桑的老人，眼里带着理解和温柔，对着她笑。于是不争气地，情绪就崩了，眼泪决堤。顾不得还有打篮球的、散步的、练单杠的群众，叶田田坐在草地上一直哭到天黑。看着公园里红色的塑胶跑道，鬼使神差地竟然开始跑步。一圈又一圈，似乎感觉不到累，只觉得随着汗水泪水，那种叫作绝望的情绪被蒸发掉了。

第二天，她又去跑步，腿很酸很痛，当一个人的注意力都在身体的疼痛上时，心里的疼痛就被忘记了。从那以后叶田田就爱上了跑步。难过时，去跑步；开心时，也去跑步。总归跑步能将她的情绪和心态调整到最平和的状态，下面的拉上去，上面的按下来。其实谁甩了谁，谁背叛了谁，谁又爱上谁，都不重要。重要的是，你爱过他吗？他爱过你吗？真正的爱在哪里呢？眼神不会骗人，心脏不会骗人，理性无法控制的感应不会骗人。

> 如果我爱你，我亲自告诉你；
> 如果我恨你，我也让你知晓；
> 我生气，后悔，失望，伤心；

每一种情绪都要还给生发它的主人。

就这样大概过了一个月，叶田田似乎已经习惯了没有乐陪伴的日子，可是有一晚她又梦到了他。他们一起在太平洋蔚蓝的海里乘坐一只竹筏，海水清澈得可以看到各种热带鱼。他们在竹筏上种了很多植物，期待这些植物长大，美景、爱情、毫无压力的生活。梦那样美好，以至于叶田田醒来不愿意相信眼前的一切是真实的。她恍惚地盯着房间里的黑暗，感觉胸口发闷，快要透不过气，于是起床开始写日记——

又梦到了他
实在无法抹去过去的记忆
那么多次的离别
也无法预见未来的发生
将要面临的再见
这长久的记忆
编织了现在的我
冗长单调的日子里
过往的美好
让我变得安静
一旦发生
便不会逝去
这是回忆的痴
也是回忆的花

任何东西都可被替代

爱情，往事，失望，时间……都可以

但是你不能无力自拔

虽不情愿，是人总会

寂寞坐断，悲伤过尽，苦涩尝遍

笑着说：我原谅

　　写完后，她再也压抑不住情绪，伏案号啕大哭起来，她一直爱着那个从未见过的人。

四

1.

上次从陈剑那里回来后，周锦龙就派手下跟进叶田田这边的项目。他们团队来陈剑的公司做了很详细的调查。叶田田就一路跟随配合，帮忙做资料和安排项目参观。

周锦龙这个资方得到了陈剑极大的重视，叶田田也感到奇怪，陈剑经常一个人带五六个女秘书从外面走进来，在公司出行有一辆劳斯莱斯、一辆奔驰迈巴赫，还有一辆丰田的埃尔法商用车用来接待公司的客人，每天接待无数政府要员和金融权贵，看起来就像根本不缺资方，所有的资方都会主动送钱过来任其挑选的样子，他为什么会对周锦龙这样一个名不见经传的小小的资方如此上心？

她也暗中听到了一些离职员工口中的抱怨，说什么：陈老板实际上没那么有钱，许多资产已经被掏空了；或者陈老板的房子被拿去抵押了，银行刚做了一笔过桥资金，所以急需周锦龙这样不专业的投资人的资金来周转，等等。可是陈剑在叶田田面前从来不会显露出这些，给她的感觉永远是财大气粗、信心满满外加一副颐指气使的傲慢模样。

乐离开的这段时间，叶田田就将所有的时间精力都投入在了项目上，以此来忘却失恋的伤痛。虽然她从未见过那个男孩，可是他是她过去半年的全部精神寄托，他的离去将自己的半个灵魂都从体内抽离了。她还是有半夜起来翻手机的习惯，总是梦到他，白天里也总是走神，看到身影像他的男孩子就开始眼眶湿润。

和李乐宇失联的这两个月，叶田田经常想念他，想着：如果他能够回来，她愿意用一切去换取；他如果能回来，她少活十年也愿意；他如果能回来，她就戒掉自己的坏脾气；他如果能回来……可是她依稀觉得乐永远不会回来了，虽然她后来又把他微信号加回来了，可他的头像再也没有闪过，朋友圈也清空了。乐就像自己从太平洋里舀出的水，不小心又落了回去，再也不见了。这让她有种无力回天的感觉，那个男孩子的出现在她心里就像一道白月光，虽然微弱，可也照亮了她黑漆漆的内心角落，并且留下了磨灭不去的印记。她不仅晚上经常失眠，白天也总是陷入白日梦，精神恍恍惚惚。

她经常感到很痛苦，痛苦到承受不了，她就去跑步。对乐的思念，对唯利是图男人的痛恨，对自己不开窍的难过，统统化作了汗水，奇怪的是随着汗水的蒸发，痛苦似乎也蒸发了。因此这两个月，叶田田养成了无论遇到什么事都会先去跑个步的习惯，所有的事都化成了围着跑道的一圈又一圈，小事三圈，大事十圈，一个人、一件事在她心中的分量化作了跑量。

与此同时她也开始每周都往周锦龙那里跑，这是陈老板的吩咐。叫她定期去拜访周锦龙，自打上次饭局以来，陈剑对周锦龙的印象就大大提升，似乎认定了周锦龙会投资自己的项目。公司平时例会都是三十几号人参加，每个人都有不同的分工。叶田田发现：那个尹博士，似乎专门负责拍马屁；Eva负责公关，总是一副光鲜亮丽的模样出现在大家面前；军师马来熙少言寡语；胖男同事油腔滑调。他们不是名校博士硕士，就是MBA，陈剑这里真是各路神仙聚集啊！叶田田开始为自己竟然糊里糊涂进了这样一个平台而感到庆幸，她现在也好奇那个大家都问自己的问题："陈老板到底看上你啥了？"没背景没学历长得也一般。至于工作，叶田田平时除了周锦龙这边的事情，也没什么其他要负责的，主要是她干啥啥不行，吃啥啥不剩，公司的零食数她吃得最多。人事行政等同事早就看她不顺眼，但她是老板直招进来的，人事也拿她没什么办法。所以陈剑就叫她没事去维护维护客户关系，不要到公司里来。

回来的路上叶田田感到不开心，自己和乐分开有三个月了，还是会经常想念他。"也许周锦龙是对的，我需要一个人来填补他的空缺，有了这个人，也许我很快就会忘记乐了。"回到家叶田田打开电脑，想着周总说的有点道理，于是努力地回忆有关彭冰的各种优点，在自己的心里搜索关于爱他的小碎片，哗啦哗啦还真的有——

彭冰
我爱他内心的小世界
就像贴着火焰皮的冰山
看起来热情积极

内心却阴冷而孤独

我想他有着内心的小世界

悲伤挫败在那里徘徊

别人无法窥探

只希望陪着他

给他安宁

让他知道我在守候

他沉静而内敛

表达的时候又似火山喷发

宏大而有张力

骨子里又有一股正气

让我觉得

他

许能护你一世安宁

叶田田入戏很快，写完了这篇日记，她感觉自己好像真的爱上彭冰了，"不如我尝试下吧"，于是她给彭冰发了消息。

"彭冰，要不我们'官宣'吧，就是处男女朋友。"对面的彭冰估计蒙了很久。

"啊？！""你怎么回事？"彭冰连发了两条消息过来，紧接着就拨了一个电话过来。

"没事啊，就是我的那个男朋友不是一直在云端嘛，周总说不靠谱，要找个落地的，觉得你比较合适。"

彭冰那边好久没说话："那你喜欢我吗？"

"谁有理由不喜欢你呢？而且大家都觉得你合适。我跟你推销一下我自己哈。"于是叶田田开始报起了简历，把学历身高过往经历什么的全都报了一遍。

彭冰那边沉默了好久："我觉得我们还是当朋友吧，永远的那种，好朋友。"

"嗯，好吧。"叶田田听到对面传来了酒店开房门的声音和一个女孩子的声音，对方就挂了电话。

她回到家，感叹自己都做了些什么荒唐事，闷了一罐啤酒就睡着了。不知是喝多了还是做梦的缘故，她竟然看到蓝色的小头像又开始和她说话了——

"你最近怎么样？"

她握着手机笑嘻嘻地睡着了，一睡就到了第二天早晨九点。惊慌地醒来，发现要迟到了，于是急急忙忙去洗手间一顿收拾。下楼赶地铁，到了会议室都十点半了，迟到了半小时。陈剑坐在位子上继续开会没搭理她。叶田田在会议室里喘了会儿大气、慌了会儿神儿，才打开微信准备读消息。突然看到了那条蓝色小头像发来的消息，她的心震颤了下，反应过来后是一阵巨大的喜悦，原来昨晚的消息不是做梦，是乐在问候自己，他又出现了。

她简直要蹦到桌子上去跳舞，激动得一时不知道回复什么好，竟然不小心笑出了声，引得会议室同事投来嫌弃的目光。她没有急着回复乐。那一整天叶田田都很忙，晚上回家才想起这件事，于是翻开手机去刷朋友圈。乐也终于更新了他的状态，而且连发了三组照片。似乎是在故意吸引叶田田，他染了个白毛，发了张很帅很酷的照片，眉眼还似以前一样冷峻。看完照片叶田田就不淡定了，那种原始的来自帅哥的吸引，让她忍不住回复了一句——

"在忙工作。"

后来，李乐宇就每天发一句消息给叶田田，就一句。收到叶田田的回复后，他第二天才回，似乎这样让他更有安全感，朋友圈也定期更新状态，毫无疑问那些状态都发在了叶田田所关注的点上，相处了半年多时间，李乐宇似乎已经很了解她了。叶田田内心暗戳戳地骂他有心机，像个鬼一样神出鬼没。终于有一天对面的男孩子忍不住了，发了一句——

"我生病了。"

那一刻叶田田感到一阵揪心："怎么了？！"

"我在纽约感染了，现在在医院，这次真的要凉了。"

"啊！别凉，你怎么会感染？"叶田田一点也没想到，"十八个月不能离开加拿大"的乐为什么会在纽约。

"你不来，我总归要找点事情做，于是就去了黑市做交易。"

"你是说军火交易吗？怎么做的？"

"我都快挂了，你还在问交易是怎么做的！"

"哎呀，你不会挂的，可我真的很好奇，黑市是什么样的呀？"

想到乐这样在乎自己，叶田田心里有了一丝安慰。

对方没有再回复。半夜里，叶田田又做了噩梦，醒来时是凌晨四点，于是她又开始给乐写信。

我昨晚梦到了好多鱼

上古大兽

不知道我以前是不是就长那样

像鳄鱼一样厚厚的皮

鲸鱼一样的体型，恐龙的外表

就在我的房间里游

然后在沙漠里

我的英语老师问

人类、鱼和恐龙的不同在哪里

答案揭晓是人类会传播信息

然后就醒了

感觉那些大鱼还在我的房间里游

一想到我睡觉的地方

好多年前，是一片汪洋

那些大鱼就在这里游

我就觉得时间真漫长

人类好渺小

所做之事

不过是尽力让每一天开心

我想人和恐龙最大的不同

就是人有情绪

再或者

庞然大物也是有情绪的

只是心脏够大

心里想：唉，就那么回事儿吧

所以不会逆天而为

也不过纠结于细节

细节让人智慧

让人傲慢

让人有所求而无力自拔

我想这世界的一切

哪怕一株草和一颗石头

都在用自己的方式

说着我爱你

所以你的天线要够灵敏啊

从你回来的那一刻起

我的幸福就开始了

我们又是朋友了

那个好看的人

他点亮了我的生命

我也希望温暖他的岁月

"我没事啊，挂两天盐水就好了。"乐瞬间回复她，"你这文笔越来越好了。"

"那你现在在干吗？"

"在等你的消息。"

"哇。"

"你不来北美，我觉得好无聊。"乐发了一个哭泣的表情。

"怎么可能，不都说加拿大的男人不回家？"

"我不是，我很专，不会像你的那个朱老板那样。"

"你竟然记得他。"

"过耳难忘。"

"有你这种思想的男人很少。"叶田田感到一阵安心。

"哎，我问你个问题哦。"

"你说。"

"你现在在交新男友了吗？"

"没有。"

"那这一回我来追你，当我女朋友吧，不管你来不来北美，有机会我们一定要见面！"

"好，一言为定！"

叶田田心里乐开了花。他比以前更帅了，也比以前更直接了，她本来想再矜持一下，可是手仿佛不听使唤地打出了："可以。"

乐回来了，她觉得生活又洒满了阳光，她又变成了理直气壮的勇气小侠女。生活就是这样：昨天给你打击，今天给你希望；昨天给你希望，今天又给你打击。

乐回来了，她的幸福开始了，她的不幸也开始了。她又开始每天半夜起来查手机，凌晨两三点，只要稍微醒来就开始查看，迷迷糊糊的，她甚至要回忆很久才记起手机对面的这个人是谁，那时候心底有个声音在问："我到底爱这个人什么？"

她也不知道，就好像着了魔，她对手机对面的那个人无比依赖，那是她强有力的心灵支撑。

通过最近的一系列事情，叶田田学会了珍惜，珍惜那个奋斗中郁郁不得志的自己，因为飘风不终朝，骤雨不终日，等有一天柳暗花明，你会感激那个彷徨的自己。

2.

很快，陈剑这边就迎来了和周锦龙的第二次聚会，地点就是陈剑在古北的别墅。

那天的聚会，Eva和马来熙都在，都是来陪周锦龙喝酒的。周锦龙一到场，几个人就落座在客厅的圆形饭桌旁。叶田田座位正对着陈剑。陈剑身后是一幅抽象派的巨幅画作，整个房间布置得典雅奢华，品位极高，没有多余的门和拦截，视野开阔，来到这里便有一种辽阔澎湃的舒畅之感。

落座后很快就上菜了，先是前菜冷盘：鲍鱼刺身，海参豆腐，糖醋海蜇，以及一道甜品蓝莓山药。几个人扯东扯西，只字未提项目，倒是Eva今天显得格外热情，她穿了一身黑色的连衣裙，显得高贵优雅动人。

很快就上主菜了，陈老板拿出了自己珍藏的顶级火腿。随着美丽的厨娘端上一道道"家常菜"，大家开始了今天的晚宴。

"陈总今天真是太客气啦。"周锦龙说。

"家常菜而已。"陈剑说道，随即吩咐用人把酒开了，可是周锦龙不喝酒。

"难得今天见到周总您开心，"Eva说，"您就少喝一点吧。"

"是啊，喝一点吧，"马来熙说，"陈总的酒也是从法国空运过来的葡萄酒。"

"还是不喝啦，"周锦龙很客气地说，"已经戒酒很多年了。"

"不喝就不喝吧，我给您准备了葡萄汁，您就喝这个饮料好了。小叶可以喝点酒。"陈剑说。

叶田田点点头，心想喝呗，反正是周锦龙开车。她从进房间就开始感慨陈老板的家好大好气派，一副没见过世面的样子，可是这样子却满足了陈剑的虚荣心，他现在看起来更加红光满面，一边跟周锦龙描述着自己的宏伟抱负，一边摇晃着手里的红酒杯，时不时啜饮一口。

几个人在欢乐的气氛中用完了餐，陈剑又开始撺掇着大家抽雪茄。可是周锦龙也不抽烟，于是Eva便坐在周锦龙身边，客气又让人难以拒绝地给他点燃了雪茄。叶田田没有想到平时看起来高冷的Eva竟然会有这样的一面。可是即便这样周锦龙也还是没有抽，这时候马来熙递给了叶田田一根烟，叶田田就接过来了。

"你怎么还抽烟？！"周锦龙对叶田田说。

"她，"马来熙说，"她在公司就抽烟。"

叶田田瞪了马来熙一眼。

"那好吧，给我也来一根吧。"周锦龙接过了陈剑递来的烟，据说又是什么名贵的烟，长得像雪茄，但是被做成了普通烟粗细。

　　席间几个人很少提到项目的问题，基本上都只是闲聊，东拉西扯，问问彼此的爱好，去过哪里，主要是营造一种友好欢快的氛围。

　　晚上回来的路上，周锦龙一边开车一边问叶田田："你什么时候开始抽烟的啊？平时没见你抽。"

　　"十几岁啊，我爸教我的，他说要懂得享受人生。后来我妈知道了，把我俩好一顿教训。我平时都不抽烟，但是别人递过来也不拒绝。"

　　"我就说，平时看起来挺乖的。"

　　"你觉得陈剑怎么样？"叶田田问。

　　"是个干大事儿的人。"

　　"你觉得Eva怎么样？"

　　"Eva呀，可真是个美女，业务能力强，男人碰到她魂儿都没了。"叶田田撇撇嘴，周锦龙继续说道："我看你应该多向她学习学习。"

　　"学习什么？"

　　"专业能力呀，还有穿衣打扮，到时候你就年薪百万了。"

　　"除了最后一样，前几样我都不感兴趣，她就是EMBA班里混出来的啊。"

　　"能混EMBA那可是很厉害的啊！"

　　"有啥的，不就去'钓凯子'的。"叶田田很不屑，可能是因为她自己怎么也考不出GMAT，所以她现在恨极了

EMBA，觉得自己就没有那个缘，明明知道Eva真的有能力，嘴上却要酸她几句。

周锦龙握着方向盘直视着前方不说话，叶田田也望向窗外。

"我今天吃饭可是发现了，你是真的啥也不懂啊。"周锦龙感慨了一句。

"啊！我懂啊，我只是不想那样做，我不喜欢那样，我真的懂啊！"

"行吧，你懂，你懂。"

车到达叶田田家门口的时候已经是半夜十二点了。叶田田和周锦龙说了再见就往家的方向走去。

第二周，当叶田田去找周锦龙的时候，她刚迈进门。

"叶总，我们给彭冰加仓了。"说这话的是周锦龙的一名手下，他兴致勃勃地告诉叶田田这件事，看起来比叶田田还要开心和兴奋。她今天是为了陈剑的项目来找周锦龙，还带了Eva过来。Eva今天来的目的就是来试探周锦龙的口风的，看看他到底想不想投，叶田田这边虽然报告说对方态度积极，但是周锦龙始终不见动静，所以Eva今天亲自出马。几个人坐在沙发上没聊几句，周锦龙就兴致勃勃地告诉叶田田："我们给彭冰加仓了。"也是满脸的喜悦，这已经是叶田田第二次听到这个消息了。

可是这件事彭冰都没有告诉自己，想到这里，叶田田不由自主地脸上挂了些许阴霾。

"好的，我刚知道了，您手下跟我说了。"看到叶田田的反应，周锦龙似乎有些失望。而对叶田田来说，彭冰那边的资金从两千万加到了一个亿，这么大的事情，彭冰也不跟自己打声招呼，这对中间方来说极其不尊重。

几个人聊着陈剑那边的项目，叶田田显得有些心不在焉，可是她发现对面似乎有个眼光久久地盯着自己，感觉整个房间都升温了。那天几个人也没有聊太多陈剑半导体项目的事情，大家光用来吹牛了，最近周锦龙变得很奇怪，老想在叶田田的面前证明自己。大概聊了两个小时，其他人都走了，留下叶田田收尾。她坐在沙发上和周锦龙聊着彭冰、陈剑和朱放等这些朋友的项目和八卦。

自打叶田田问过彭冰要不要"官宣"那事后，彭冰就越加肆无忌惮地泡妞了，他在好友群里经常发各种各样女生的照片，还炫耀那些女孩子怎样约他出去，又怎样被他拒绝，还把对方和他的聊天截图发到群里，拼了命地以玩弄女性的方式证明自己的魅力。

然而当大家都以为他要这样玩乐到地老天荒的时候，没过几天，他竟然甩了一张结婚证到群里，说自己结婚了，还发了几张自己妻子的照片，供人评论观赏。大家在群里一片赞美，照片上的女孩是个大美女，在万花丛中立着，似笑非笑的表情，但是姑娘的学历背景他只字不提。正当大家想着他就此收心了，安家了，可没想到，几天后的朋友聚会上，他又要隔壁桌的富二代给他介绍小姐姐，说结婚只是有了个稳定的去处，他老婆是那种很乖的妹子，他偶尔还是可以和小姐姐出来喝下午茶吃夜宵的。

叶田田感到一阵胆寒，彭冰的人性似乎在他的体内逐渐消失了，他现在就像个操控他人人性的冷漠机器。这件事要不要和周锦龙说？她觉得彭冰现在的状态很恐怖。于是叶田田和周锦龙顺带说了下彭冰的状态。

"哎呀，那些成大事的人都这样，"周锦龙听了不但不觉得有什么，反而更加欣赏彭冰，"王者不需要太多人性，换句话说，彭冰他做了你和我都做不到的事，所以他能够赚大钱。"

"就是冷血到六亲不认，自己赚了两个亿也不给亲妈一分，老婆只是安息地，所有女人都可以当玩物，这就叫王者风范？"

周锦龙沉默了一会儿："你本来也可以和他结婚的，如果你能顺从一点，多照顾他一点的话。"

"怎么你们都觉得全天下女人都任你选呢？"

"你不是还跟人家邀约，要他做你男朋友？"

"那还不是你指使我的？但你看我行动，我自始至终没傍过大佬，没处过富二代，我也有很心动的时候，也有被表白，可是我觉得那种相处真的不平等，我无法接受。而且现在我心里就只有一个人。"

"就是那个什么乐，你那个人不靠谱，你们俩根本不可能！"

"你凭什么这么说？"叶田田生气了，"你们这群没信仰的人。"

"不是信不信仰，我必须骂醒你，你赶紧和他分手，不然你一辈子就要被毁了，他是骗你的，你看不出来吗？"

"你和彭冰是不是都沟通好了？说的都一样。"

"还需要沟通吗？明眼人一眼就看出来，我没见过像你这么蠢的女的，不图钱也不图婚嫁，你一天都混个啥？！"

一番话差点把叶田田说哭了，她心里默默地恨周锦龙。

周锦龙开车送叶田田回家。

"最近要一起去朱总那边坐坐吗？他有几个项目在看，医疗的，你比较擅长。"叶田田问。

"我不去。你最近又和他见面啦？"

"嗯，偶尔去坐坐。"

"你这个人真是奇怪，一会儿说讨厌他，一会儿又去那里坐坐。"

"我哪里讨厌他，我喜欢他啊！你有见过这么赤裸裸的坏人吗？这个人身上有太多可研究的点了！"

"不是，他怎么在你眼里就这么坏了？"

"就是他对待女人的态度吧，朱总喜欢读《金瓶梅》。"

"《金瓶梅》可是好书啊，里面的为人处事哲学值得研读。"

"他只喜欢读里面的黄段子，说有美感，反复研读。"

"你这前老板还真是擅长去其精华，取其糟粕。"周锦龙不屑地哼了一下鼻子。

"嗯。他还说男人都很惨，就像'鸭头'，到处被嫖。"周锦龙不说话，叶田田继续说，"他最擅长以其昏昏，使人昏昏。"

"他就没有约过你吗？"

"约过，要我给他生孩子，我没答应。"

周锦龙开始低头沉默不语："那你喜欢他吗？"

"我啊，我只是好奇，因为我没见过坏得这么理直气壮的人，明目张胆到让你根本不会考虑他。"

"那你还说喜欢他。"

"我那种喜欢是一种对稀有物种的猎奇式的喜欢。我也和朱总说了这点。"

"你还和他说！他没生气？"

"他不相信，他很自恋，以为我迷恋他所以才讨厌他。我觉得这也挺好的，总比他恨我强。"

"你答应给他生孩子多好，不就有钱了，也不用天天往我这里跑。"

"哎！他不爱我啊。说真的我觉得男人都不爱我，男人只是关爱我。这种关爱，就像你关爱小猫小狗，但不是那种对于女人的爱。"

"有的，"周锦龙低下头说，"只是你没注意，你心思没在这个上。"

"我心思都在赚钱上，可是依旧很穷。"

"你想要赚钱，就不要那么多个性和棱角。要顺应社会的规则，别那么理想主义。"

"我就不能用理想赚钱吗？"

"现实一点！那你不如找个能帮助你实现理想的男

人了。"

"找男人他都是只考虑自己的理想，谁会在乎一个女人一个妻子一个妈妈真正热爱什么？"

"又开始偏激了。"

"你不是女人你不懂当女人的无奈，哪个女人愿意生来就为他人作嫁衣，我们也想在这个世界上留下些真正属于自己的东西，写在丰碑上，刻在骨子里，你的姓名不仅仅代表父辈，你的孩子也不仅仅是夫家的继承，女人也都渴望拥有真正属于自己的世间痕迹。"

说到这里叶田田竟然激动了，周锦龙惊讶地望着她，她知道自己失态了，刚好此时周锦龙送她的车也到她家门口了，叶田田尴尬地打了声招呼便慌忙地离开了。

晚上她在给乐的信件里道——

我厌倦现在的生活，觉得现在做的许多事毫无意义，实际上我就只想和你在一起。我以前没有碰到我很喜欢的人时，我也没有很开窍，我就想要是有一天我遇到我的白马王子，就把别人对我的好，我该对别人的好，都给他。我的白马王子一定是我喜欢的那种类型，对爱情矢志不渝，坚定且执着的人，那么这种人值得我的任何付出。

对于我来说，有多少优秀异性喜爱、赚多少钱，都不及与子偕老的真爱更有价值，这年头的人都不敢结婚了，又有几个敢保证一直爱到老？可是我还是希望能够遇到这样的爱情，在我的爱人面前我们都是有很多弱点的傻瓜。
站在云端太累了，这世界任何一个角落的风景，都不及爱
人怀里的温度。

"你说得非常对。"

"你这样认为？"

"是的。我发现你很像我妈。"

"啊？"

"她年轻的时候也和你一样，正直且充满才华，只可惜，
她把所有的青春激情都贡献给了一个男人。"

"抱歉听到这些。"

"不要抱歉，你这样很好，所以我要告诉你，永远不要为
了任何男人，包括我在内，牺牲掉自己的才华和热情，记住
了吗？"

"为了你可以啊。"

"不可以！记住了吗？"

"哇，你今天好不一样。"

"我一直这样，我问你记住了吗？"

"记住了……"

"记住了就好。"

"最近加拿大怎么样？"叶田田试图转移话题。

"热死了，今年夏天加拿大高温，许多房子都热化了。"

"哈哈哈，这房子也太脆弱了，看来加拿大也不怎么

样啊。"

"是啊。我每次和你聊天，感觉就是另一个世界的人，你和所有人都不一样。"

"你也和别人不一样。"叶田田觉得李乐宇今天的状态有些反常，他似乎有很多东西想要表达。

"你早点睡吧，今天就聊到这里。"

"好吧，人家才刚刚聊热乎。"叶田田发了个沮丧的表情过去。

"我今天心情不好，不想多聊。"

"啊，怎么了？"

"一个对我来说很重要的人，离开了。"

"啊！抱歉。"

"不要总是抱歉，不是跟你说过了吗？不要为任何人低头。"

"好的，好的。"

"乖，你先睡吧，后面再聊。"

"好！"

对面的"小人"暗淡了下去，叶田田感到一阵揪心，隔着屏幕都能感受到乐巨大的压抑和痛苦。她想帮他，可他却不愿意敞开心扉，不愿意让自己看到他的伤疤，他那样坚定地守护着自尊，是为什么？

想不明白，叶田田很快就睡着了，梦里她和乐在太平洋中心乘着竹筏漂流，景色那样美，她迟迟不愿醒来。

3.

这天早晨，彭冰在吵闹的电话铃声中醒来。

"喂，该补仓了。"电话对面传来一个女人的声音

"补仓？"

"是的，您有一个1：1杠杆的账户，已经跌到止损点了。"电话里的人说。

"亏了50%？"

"是的。"女人回答。

彭冰这边一阵沉默，但能够听得到他稍显急促的呼吸。

"所以您还补仓吗？"女人问。

"张总那边怎么说？"彭冰问。

"还没有联系他。"

"那先放着吧，我估计下午能回暖。"

"好的，我跟他说一下吧，他的那个账户80%都配资了×酒股份，这会不会太冒险，要不换些别的股票对冲下风险？"

"不用换，"彭冰说，"想要高收益就要敢押注。"

挂了电话后彭冰从床上起身，到洗手间简单洗漱了下。他动静很大，完全不顾旁边还在沉睡的女孩，洗漱完毕后走到床边，看了看外面的天气，乌云密布，就像此刻手机上的大盘，于是便开始坐在沙发上看大盘。

外面开始下雨了，×酒股份这只股票开始狂跌不停。

"再不补就要爆仓了。"电话对面的女人又传来焦急的声音，"这个账户是张总的，他是我们营业部最大的客户，如果

这次失去他，后面他就不会再把账户交给你了！"

彭冰双眼盯着屏幕，此刻他的大脑里仿佛有一座火山爆发了，他感到刺激，浑身发热，好像开赛车在急速赛道上，让他血脉偾张。

"叫张总去补仓。"

"你说什么？"

"我说叫张总去补仓！"

"你疯了吗？"

"我没疯，合约里没说要我来补仓。"

"可是叫客户补仓，你完全不摊风险吗？"

"我没有义务补仓。"彭冰的语气很坚定。

"可是这样你就会失去这个大客户，"电话对面的女人声音越来越焦急，"虽然合约上没有说要你去补仓，可是一旦张总补仓了，相当于这账户和你没有什么关系了，因为你一点风险都没有担，后面的收益自然不会属于你。"

"无所谓，叫张总补仓。"

"那你就坑了我……"

电话那头还没说完，彭冰这边就挂了电话。

他走到窗前看了看还在熟睡的女人，推了推她："喂！起床了。"

女人睁开惺忪的睡眼，转过头看了看他。

"你该回家了，"彭冰说，"还有半小时，我老婆一会儿过来。"

送走了女人后，彭冰一个人在沙发上坐了会儿，手机里发过来一条微信，内容是："真没有想到你这样不负责任，赚钱的时候什么都好说，亏的时候拍拍屁股就走人了，我以后再也不会介绍客户给你。"

"随你便。"彭冰回复道。

他简单吃了个午餐，下午去打了场高尔夫，晚上七点的时候，开车来到了虹桥这边的一家私人会所。电梯直达五楼，彭冰跟随着服务员的指引，径直走进了一间包间。

服务员推开门，就看到了坐在主位上了陈剑。

"来，"陈剑伸出手做了一个欢迎的手势，"给大家介绍下这位做二级的小兄弟彭冰。"

"各位好呀！"彭冰顺着陈剑手所指引的位置坐了下来，脸上挂满了笑意，显得谦卑又热情，与单独在家时的神情截然不同，"不好意思我来晚了。"

"哎呀，不要紧，早听陈总提起过你，年纪轻轻就成了股市小黑马，今天一见果然器宇不凡啊！"说话者是天涂智能的董秘。

"感谢陈总的认可，为表歉意，我自罚一杯。"说罢，彭冰拿起了面前的红酒杯，斟了大半杯的红酒一饮而尽。

在座的几位前辈见此情景纷纷露出了满意的神情，彭冰和大家的距离一下子就拉近了许多，氛围瞬间欢乐了起来。

陈剑满意地默默注视着这一切，饭至半场，酒过中旬，大家聊到了天涂智能上，原因就是天涂智能的董秘今天也在场。

"我跟陈总都是老朋友了，今天大家相聚一场，也是难得的缘分，以后也都是朋友，我们的股票是可以买的，下个月会有大动作。"董秘说。他随口便泄露了内部信息，这样违法的事情，他已做了许多次了。

"这股票我在一级A轮的时候就投资了，现在还保留一些股份，也是给我赚了二十倍收益的股票，接下来我打算再运作一下，将我芯片星球上的一些资产嫁接上去。"陈剑说

"可以，陈总，"彭冰举起酒杯，"我配资五千万，后面需要我怎样配合还请您及时告知。"

"配合谈不上，大家一起赚赚钱，"陈剑举起酒杯，"以后就是咱们哥几个一起发财的时代了，我相信我们会在资本市场掀起一轮惊天巨浪。"

几个人共同举杯，庆祝这"伟大"的友谊，和他们心中伟大的"资本时代"。

彭冰实在是有些喝不下去了，站在落地窗前，身后是一群喝得七倒八歪的"兄弟"，他望着远处漆黑的夜，感觉浑身是麻木的，可意识仿佛比任何时刻都要清醒。这种酒醉后的麻木他熟悉得不能再熟悉了，大概有十年的时间里，他都是这样在酒精的浸泡中度过的。他的身体和灵魂时刻处于梦幻迷醉的状态，因而这两者都发酵一般变得膨胀且轻飘飘的。

空气中仿佛有一种乖张的气息，使得他觉得肉身和眼前的一切分离，所有美女的脸都开始变得狰狞丑陋、眼歪口斜、五官比例看起来十分怪异，也许这才是她们的本来面目，他冷笑着回到了沙发上。

"叶田田那边的资方始终不见反馈，"陈剑对Eva说，"最近叶田田的状态不是很好，你去帮我盯盯她。"

"不是很好，你说周锦龙那边的资金有问题？"

"对，周锦龙那边始终不肯给一个结果。"

"我上次跟叶田田一起见过周锦龙了，那边的态度我觉得你还是谨慎一些吧。"

陈剑低头看了会儿手机，留下Eva一个人呆坐了一会儿，然后抬起头说道："你觉得叶田田这个人，有觉悟吗？"

"聪明是很聪明，"Eva慢悠悠地说，"就是有点叛逆，不好管。"

陈剑嘴角微微上扬了下："你知道她还有一个优势吗？我觉得不错。"

"什么？"

"才华。"

"她有才华？"

"对，你大概没发现，她诗词歌赋还有国学那一套还挺精通的。"

"我好像没太注意。"

"我也是偶然发现她在日常生活中会扯出几句。"

"扯出几句怎么就叫精通呢？"

陈剑摇了摇头："只有很理解一句话，才能将它很好地融会贯通到生活中，叶田田对那些作品的理解是可以的，而且我看过她写的东西，她的字很丑，但文采很好，尤其是见解，很独到。我从第一天面试她就发现了。"

"难怪你当天就签了她。"

"苗子是挺好，就看上不上道，你去引导下吧，后面别墅的事情都交给她来负责。"

"好。"

Eva走出陈剑的办公室，有时候Eva也看不明白，叶田田长得一般，情商还低，各种方面都一般，甚至有点满嘴跑火车，但是她一出场就总是成为焦点，Eva也很好奇为什么叶田田身上的这种特质会如此吸引人。

没等Eva走多久，陈剑就叫叶田田到自己办公室里开会，他看着对面忐忑不安的叶田田，用温柔的语气问她——

"最近怎么样？"

"周总那边还在跟进，马上到风控了，风控结束应该就可以了。"

"嗯，我是问你怎么样？最近，有什么需要帮助的吗？"

"我没有的，老板你对我已经够好了。"叶田田充满感激地看着他。

陈剑低下头笑笑。

"你每天上班要多久？"

"一小时四十分钟。"

"那也太远了。"

"我都习惯了，其实也还好，只换乘一站。"

"这样，我在西郊那边弄了一套别墅，后面给你们当员工宿舍吧。"

"员工宿舍？"叶田田脑海里浮现出大学宿舍上下铺的

画面。

"对，那边到公司也就半小时。弄这套别墅呢，主要是为了招待一些宾客，政府啊还有像王总这样的客户，你国学学得不错吧。"

"国学？"

"就是这些。"陈剑指了指书架上的《道德经》《孙子兵法》。

"是从小读了不少，但是也没系统学过。"

"没事，可以找培训班给你培训一下，到时候你在别墅里要稍微主持一下。"

"主持。"

"对，就是来客人了，你要帮忙招待，还有其他人，比如用人啊做饭，你要组织一下。"

叶田田想这是什么安排，她第一次听到有人跟自己说这么奇怪的工作，感觉有点奇怪。但是看着陈剑一番好意，也不好当场拒绝。

"你OK的吧？"

"OK的，我可以学学，还有什么其他要做的吗？"

"没有了，反正等别墅弄好了，你就搬到那边去，就不用总到这边来了。"

一番话说得叶田田心头一凉，可是自己在这边才有归属感和存在感，而且每天和各种各样的同事混在一起才能真正学到东西，自己一个人到那边去指挥一堆人，这工作怎么奇奇怪怪的呢？

"可以吗？"陈剑温柔地问她。

"可以。"她瞪着有点好奇的眼睛看着陈剑。

"好，那你就先撤吧，没什么事也不用加班了。"

从陈剑办公室出来后，叶田田是越想越觉得奇怪，这件事要不要咨询下周锦龙？现在她已经习惯了什么事都和周锦龙商量下，周锦龙还戏称自己是她的狗头军师。她还是没忍住问了周锦龙。

"哎，"周锦龙叹了口气，"你完了，被你老板看上了。"

"没有吧，他说是一堆人，可能他就是想让一堆人住进去帮他招待客人。"

"他那是试探你。"

"我觉得没有，他看上我不会直接和我说吗？不会送我礼物吗？"

"反正你自己决定要不要答应他吧。"周锦龙说话的声音竟然有些赌气，叶田田觉得好笑。

"答应呗，不用天天乘那么久地铁，还有司机呢。"

"那你就答应他吧。"周锦龙的语气有些愠怒。

"先不说这个，陈剑的项目，你打算投吗？"

周锦龙低头又开启了沉默模式。

"你这人就是这样，老是一种暧昧态度，这多烦人啊。"

"那你都这样说了，我下周赶紧上会过风控吧，早点给你一个答复。"

"别啊。"叶田田又希望赶紧结束，又害怕抓紧上会了通不过。

"你这人，一会儿催我，一会儿又不让我上会，到底要干吗？"

"我不是怕你急着上会过不了嘛。"

"那有什么办法？你着急要结果。"

"哎，算了，算了，你慢慢抻吧，那你给我个态度，这项目你打算怎么弄？"

"我觉得不错啊，是好项目，打算认真推，投一些资金进来的。"

"好，有你这句就够了。"

两个人又聊了一会儿，叶田田就回家了，回家后她给陈剑短信发过去了一段文字。

今日交流下来，周总整体感觉非常满意，他非常喜欢您这边的团队，感觉非常专业，也很有情怀。他认为：我们这个项目逻辑都说得通，可以开始尝试合作了，一方面催马总那边再补充材料进去（那些材料基本一个不能少的），另一方面，对您这边的管理的能力和挖人渠道还是有些担忧，其他问题几乎没了。Eva和尹博士给我的建议是，下次选个吃饭或什么场合，让他放下架子，应该就能攻下这个客户，具体细节等跟您见面再谈。

"你周末带他来我家里吧。"陈剑微信回复道。

"啊？"

"具体问马总，他会安排。"

"好的。"

陈剑喜欢美女，那就是赤裸裸明目张胆地喜欢，毫不避讳地带大家见面。似乎大老板都是这样，他们没时间也不屑于去掩饰伪装自己的兴趣爱好。可陈剑是个八〇后呀，看起来和六〇后的朱放已经基本一个样了，嗜酒、抽烟、风流这些都不说了，叶田田觉得最可怕的是精神上的放纵，陈老板似乎越来越受不得周围人的忤逆，不允许周围有反对他的声音。朱放是老桃子，而这是一个中年桃子，不知道什么时候变成老桃子。叶田田感受到教育在人格塑造上的苍白无力，环境才是最大的工程师。

有一天，陈剑跟叶田田单独开会，突然想到了什么似的，问叶田田能不能带个美女去周锦龙那边公关一下。

"没用的，"叶田田说，"你这样会减分，他不喜欢这一套。"

"你懂什么？"陈剑说，"你不懂男人。"

"他都亲自跟我说了他不喜欢这些。"

"他会和你说真话？"

"会的，我们是最好的朋友。"

陈剑低下头露出了个嘲讽的笑容，他看着叶田田那张天真又笃定的脸说："叫你带你就带！没什么事去忙吧。"

叶田田只能硬着头皮照做。

出乎叶田田意料，虽然以前叶田田和周锦龙提起这茬他是很排斥的，可是真的带了美女过来，两个人却聊得十分热络，一向小气的他还大方地请美女吃了晚饭。"可是周锦龙和我吃饭还要我来付款呢！"叶田田愤恨地想，她看着对面的周锦龙和美女聊得如此开心，越想越觉得生气。真的跟陈剑说的一样，她不由得感慨：果然男人最懂男人。但是一股厌恶的情绪又从心底升腾，她感觉周锦龙是那样表里不一，他似乎总想展现自己的道德高尚，可是他的内心也是充满了各种各样阴险龌龊的想法。

通过最近的项目经历，叶田田发现周锦龙似乎并不真正会寻找什么价值洼地，他的投资逻辑完全就是跟风抱大腿，要不是看到彭冰赚钱且有钱，他是不会投钱的，有钱人的胡言乱语他也愿意捧。叶田田给周锦龙介绍过好多项目，那种抠抠搜搜的创业者，周锦龙是打心眼里瞧不起。从没创造过奇迹不会相信奇迹，跟着强者的逻辑走，这种人才有安全感。

她曾经以为投资就是发现真正的价值洼地，她理解的投资，是一种特质，一个企业家符合某种特质，就有在某个领域称王的潜力，因此要在没有爆发前买入持有，可是真正到了资本市场，尤其是周锦龙这里，发现好像不是那样，似乎只要学会跟风，紧抱强者大腿，你就能赢。

她真的是看不清周锦龙这个人。有一次，他在叶田田面前打电话，开了免提，叶田田清晰地听到对方问他借五百万，他也同意了，打算打款给对方。

"他竟然有五百万！"叶田田心里想，那为什么自己最难的时候，他不帮衬自己一下？他对外还说自己是朋友，叶田田的心里觉得很不是滋味，总觉得哪里不对劲，可是说不清。周锦龙擅长说那些漂亮的话，他天天催自己找男朋友，关心自己婚恋，可是却从来没给自己介绍过一个对象；周锦龙对外说自己帮过他们很多，很感激自己，可是却一分钱没分给过自己；他在自己面前各种说感激自己或者和自己是好友，可是在自己最关键的时刻，他却躲得远远的。她说不上来此刻的内心感受。这些年周锦龙到底利用自己赚了多少钱？他可是从来没跟自己说过。

"不过他年纪大，经验丰富，人脉质量高，多赚钱也是应该的。可他似乎只是用到自己的时候才会和自己称兄道弟呢。"她突然开始觉察："彭冰、老桃子这些人，是不是也都这样呢？"她突然觉得所谓的朋友，其实并没有意义。她突然觉得她和眼前的周锦龙不仅相隔十万八千里，而且这之间沟壑纵横、坑坑洼洼。这是一只深藏不露的老狐狸啊！

站得高看得远，站得低看得清，周锦龙用低调看清一切，用伪装换得名声人脉，用果决冷漠达到目的。在自己这里，他怕是也长久地带着强烈清晰的目标性的吧，可是叶田田不能去想这些阴谋诡计，她也不敢去想，即便想明白了，看清了，又有什么用呢？她自己那样弱小，不要说去改变任何人，就连去辩白，都没有人愿意相信她，她只能装傻充愣，但是傻也不需要装，她脑袋里的天然傻已经足够多了。

4.

"最近彭冰的项目回撤了20%。"周锦龙坐在沙发上说。

"啊？"叶田田感到惊讶，"要我去跟他再沟通一次吗？"

　　"我们已经沟通过了。"周锦龙说，"我叫手下去和他聊过了。"

　　"他怎么说？"

　　"他说正常回撤，后面都会涨回来的。"

　　"哎，看来我还需要见面跟他聊一次。"叶田田没有和周锦龙说，彭冰最近特别不好约，他好像认准了叶田田很爱自己，每次叶田田去找他，他都觉得是对自己旧情未灭，实际上叶田田只关心自己的项目。

　　于是叶田田给彭冰发了条消息，约他出来见面，可是彭冰竟然没有回复。她又给彭冰连打了几个电话，他也没有接。叶田田感到一阵焦灼，彭冰八成是心虚才不接电话的，要不要给两人共同的朋友打电话？叶田田现在才知道中间人的重要性，一旦项目或者对方人品上出现了什么问题，共同朋友或多或少会有一定的约束力。

　　正当叶田田犹豫之际，彭冰的电话打过来了。

　　"不好意思，刚刚在忙别的事情，没看到，怎么了？"

　　"你好呀，彭冰，"叶田田脑袋里飞速地想一些缓和气氛的开场白，"最近怎么样呀？"

　　"你说周总那个账户吧？"

　　叶田田没想到彭冰这么直接："嗯，那个账户咋样？"

　　"最近亏了一点。"

　　"一点是多少？"

"15%的样子。"

两个人一人一个说法，叶田田都不知道该相信谁："那没什么问题吧？"

"没问题的，会涨回来的，放心。"

"嗯。"叶田田想听彭冰多说点什么，但是他好像没有继续沟通下去的意思，两个人在各自电话这边沉默了一会儿，"那好吧，你加油。"

叶田田挂了电话后，思来想去总觉得有些不安，自己作为中间方赚这个钱，第一考虑的是要对客户负责，周总现在忧心忡忡的，自己应该给周总一个完整客观的解释，可是彭冰现在的架势，明显是要逃避责任，自己约他，他肯定不会出来的。如果不是因为这次亏钱，叶田田也不会发现彭冰会这样没有担当，赚钱的时候，彭冰一约就出来了，可是亏钱后，彭冰却支支吾吾怎么都不肯见面，甚至拒接叶田田的电话，这让叶田田感到气愤。

现在想要约彭冰出来需要一定的诱惑，有两种朋友彭冰来者不拒：土豪和美女。叶田田在脑海里努力搜索可以联系的有大资金又爱炒股的人，她一边下拉着微信的通讯录一边思考，突然一个名字映入了眼帘——张博，这个人是个沉迷炒股的富二代，海归留学回来后一直在混日子，游手好闲钱又多，很适合发展成彭冰的客户。于是，叶田田借着给彭冰介绍客户的由头约他出来，果不其然说到介绍客户，他一约就出来了，还让叶田田和张博这边选时间，说自己随时有空。叶田田感到一股可耻的讽刺，彭冰两面三刀也就算了，现在竟然当着自己的面做个双面人，是有多么不把自己放在眼里。

张博是陶昕然介绍过来的朋友，有一次和陶昕然喝下午茶的时候，刚好张博在隔壁酒店谈事情，于是约过来一起聊了聊。叶田田很明显地感觉到张博对陶昕然的崇拜和喜爱，想着要不约着陶昕然四个人一起，刚好可以撮合撮合他俩。虽然陶昕然现在有男朋友，可是叶田田觉得她的男朋友不靠谱，总是跟前妻牵扯不清，叶田田不知道她怎么忍受得了这种委屈的。

于是叶田田开始张罗，叫几个人出来喝茶，彭冰的时间倒是挺灵活，可是张博好像经常出差，陶昕然呢，也经常不在上海，不过张博对彭冰的兴趣明显大于陶昕然。

"你也不用每次见我都带上陶昕然，"张博说，"我们几个出来聊也行。"

由于不用协调陶昕然的时间，几个人一拍即合，当即约了一天下午喝茶聊天。

那天，叶田田定了自己公司的茶会室，张博早早地就到了，可是彭冰从早晨开始就不接叶田田的电话，他经常这样，因为炒股不接电话，因为睡觉不接电话。

这些都没什么，叶田田对彭冰没感情，只是公事公办，但他这种态度确实耽误事。那天早晨，叶田田给彭冰打了无数个电话，直到发了一张张博已经到会议室的照片，他才立马回了消息："十分钟后到。"

不到二十分钟他就风风火火到达了见面现场，一直给张博赔礼道歉，说自己睡忘了，找了一堆借口，说自己忙得要死，没有看到叶田田的短信。叶田田表面上乐呵呵的，内心早就把彭冰骂了一千遍：这是个表里不一装腔作势唯利是图见风使舵两面三刀的势利眼儿啊！

叶田田问张博喝什么茶，他说铁观音，于是叶田田拿出了陈剑珍藏的铁观音。她也不懂茶，随便铲了两下就放茶壶里了，一边听俩人吹牛一边泡茶，这种场合她参加得太多了，养成了自动过滤吹牛的习惯。

"哥们儿，你多大了？"彭冰端起一杯铁观音和张博碰了一下。

"我啊，1986年生的，你呢？"

"我1992的。"

"年轻有为啊！"

"你看起来也像九〇后。"彭冰说。

叶田田一边给俩人沏茶一边默默地听着两个人聊天，心想男人真是一种神奇的生物。

彭冰对叶田田的尊重，只存在于在其他权贵大佬面前，私底下，他不仅不尊重叶田田，更不尊重其他人，鄙视不如他的，嫉妒超越他的，所有人他都能挑出一堆毛病，随时有翻脸的可能。这不今天明明用了陈剑的办公室，从到场到现在，一直在讽刺挖苦陈剑的风格，说他实际上没什么钱。说社会上大部分吆喝着做二级的都没钱，有钱的都很低调，像他自己这种。说叶田田的前老板朱放的策略也很过时，资产有可能是假的，估计现在早就没钱了。最终落到周锦龙的资金上，又怪周锦龙给自己加仓了，加仓的时机不好，明明自己要求不要加仓的，可因为自己业绩表现得太好了，周锦龙非得要加仓，自己又难以拒绝。

"可以叫田田给你介绍她那个叫陶昕然的朋友，美女。"彭冰带着有些尴尬的呆滞对张博说。

张博和叶田田听到这里，相视哈哈哈笑了起来，彭冰一脸疑惑地看着两个人。

"你知道我和张博是怎么认识的吗？"叶田田问彭冰。

"怎么认识的？"彭冰问。

"就是陶昕然介绍的呀。"

"哦。"彭冰低头感到更尴尬了。

"陶昕然是我前女友。"张博补充道。

"什么？"叶田田惊讶地叫了出来，"你前女友！"

"怎么她没和你说过吗？"张博问。

"没有啊。"叶田田很惊讶，"从来没说过。"

"几年前，我和陶昕然玩得比较多，她和她那帮戏剧学院的小姐妹经常聚，现在玩得比较少了，那个圈子，你知道的。"张博和彭冰说。

"哇！"彭冰的瞳孔都放大了（他只要一受到情绪影响就会这样），表情夸张地说，"那你以后要多介绍戏剧学院小姐姐给我。"

说罢两个男人露出彼此都懂的会心一笑，看得叶田田想吐。

"陶昕然可从没'官宣'过你这个前男友哦，"叶田田想着杀杀两个道貌岸然的伪君子气焰，"再说你们俩当着我的面这样说我闺密，这样好吗？尤其是你这个自诩前男友的，你这样说你前女友，好吗？"

张博一脸淡漠，叶田田从他的脸上看不出任何的留恋爱慕，甚至尊重。叶田田看着张博，心里暗暗地恨，陶昕然怎么这么不长眼，看上这么个男人？

和彭冰张博的聚会后，叶田田倒觉得彭冰说得有几分道理了，于是一五一十原模原样地把彭冰的话复述给了周锦龙。

"这哪里的话，"周锦龙极力克制着愤怒的情绪，"加仓不是他当初要求的吗？还有即便我们加了仓，如果他觉得大势行情不好，可以选择空仓，没有人叫他一定要满仓买进。另外我最近也观察了他的操作手法，策略全部都是失误，没有一个踩在点上，全部都反了，只要他一买进就跌，一卖出就涨，这个人还真是会狡辩。"

"怎么感觉周锦龙根本不懂投资呢？"

叶田田心想周锦龙的心态确实不行，彭冰赚钱的时候就这好那好什么都好，彭冰就是杀人嫖娼他都觉得是王，可是一旦亏钱，就觉得彭冰什么都是借口。

"所以你是最终决定不投陈剑的项目了？"

周锦龙坐在他的老板椅上，双手交叉着放在桌上。他穿得很帅，和一周以前，一个月前，三年前，完全完全不同，他现在看起来很有老板的气场："我不是都说过了吗？"

叶田田心里升起一股火，但她极力压抑住了，嘴巴紧闭靠向椅背没有说话。

"你最近是不是走桃花运了？气色这么好。"周锦龙问。

叶田田没有回答，只是看着周锦龙，办公室被一层尴尬的氛围笼罩着，两个人都坐在那里不说话。

"我知道你年轻的时候，也有理想有抱负，可你别怪我说话难听，你给我的建议，净是些'小心失败'的担忧，不是所有人都像你那样失败的，总归做一件事情，各种可能性都有，你肯定向着光明的方向奔跑，不想输就一直跑，可你现在在干什么呢？你不帮忙也就算了，你还在这边说些泄气的话，你平时就这样教育你的女儿吗？有没有想过她将来长大会是什么样的人格。"

"她不会在三十岁嫁不出去。"

"你觉得我嫁不出去是因为没得选择吗？"

周锦龙睁大眼睛看着她，叶田田从来没有像现在这样无礼过——她说出了内心对周锦龙的真实看法。

"你这个人说话真够狠的。"

"你弃子的时候也没手下留情过。"

"可我一直在帮你。"

"和我帮你的比起来，不够多。"叶田田说，"算下来，你还欠我不少。"

周锦龙的眼神由惊讶变成愤怒，最后是失望，张着嘴不知道说什么。

"你记得吕姐姐吧，就是最早介绍你去买理财的那个女孩，叫吕立萍。"

"记得，这几年她可赚了不少钱。"

"是的，可是你说为什么赚了这么多钱的人，要扣掉我的那一点点中间费用。"

"什么意思？"

"最早的时候，我介绍你们认识，达成交易，后来我去找她要属于我的那部分费用，她说不行，都被你给拿去了。"

"胡说！"周锦龙的脸立马变了天，"我什么时候拿过她的钱？！你不要胡乱说。"

叶田田笑了笑："你可以去问她。今天，我不是来找你要钱的，也不是要挟你，我干不出那种事。我只是想告诉你，从一开始你们赚了钱，踢我出局，到现在，我从来都是保护你们各自的名声，不声张。结果到现在，我连本该属于我的都拿不回来。"

"你现在说这些！当初怎么不要？"

"没错，我就是要说，我现在长大了，你们曾经欺负一个女孩子初入职场，什么都不懂，现在我要拿回属于我的那一部分，我的要求并不过分。"说完叶田田转身扬长而去，留下一脸错愕的周锦龙和办公室的同事。

有成有败，虽然整个过程波折，陈剑的项目可能要黄了，可是叶田田又回归职场了，赚钱了，可是赚多少钱，有多少成就，这些都不是叶田田最在乎的。她只是想念那个远方没有见过的人，他是她一直以来的信念支撑，是她的梦想和希望，她现在要不顾一切地去找他。她好想立刻、马上就见到他，飞到温哥华当面感谢他，她心里笃定乐就是她最爱的人。

"我订了下周去加拿大的机票。"回到家她就给乐发消息。

"这么快！"乐也很及时地回复了她，"你都没和我讲。"

"可以吗？你要怎样迎接我？"

"如果是结婚，你想要什么样的婚礼呢？"乐问。

"你好像以前问过我这个问题。"

"中式还是西式啊？"乐又问。

"我觉得还是穿婚纱的那种好，我小时候就期待自己当戴头纱的那种新娘子，我的白马王子风度翩翩地来娶我。"

"你那都是童话故事。"

"可是现在童话都实现了啊，你就是我的白马王子，你和我童年期待的那种白马王子一模一样。"

"如果见面了，我让你失望怎么办？"

"我比你更加担心这个问题欸，少爷。"

"如果失望很多呢？"

"怎么会呢？我们都了解彼此十八个月了呀。你是不是结婚了？"

"没。"

"有女朋友了？！"

"没。"

"那就好，只要我们是彼此相爱的，就能够克服一切，我们会成为那种白头偕老的情侣的，所以厌倦啊，嫌弃啊，彼此的各种小缺点都要克服。我可是很有耐心的，我现在都能够跑马拉松了。"

"真厉害！"

借着心情大好，叶田田又写了一首尴尬的情诗给乐。

这世间

最伤的痛来源于爱情

最甜的果生长于爱情

最执着的等待

最坚定的信仰

最强大的温柔

最笃定的忠诚

通通出自爱情

像

叶的花

树的根

暗夜的繁星

隆冬的雪花

以为的恰好的出现

殊不知

是一场

有预谋的随遇而安

圆了前世梦

时代的洪流呼啸着卷走一切，这个时代的王者潮流，成了下个时代的笑柄，人的迷失源自过度的自我代入，要懂得及时抽离才好。我想你会感受到我的强势，压迫和苦心经营，讨厌功利计较的女人。我把那段时间的压力和感受带给你，像是一本书，让你亲自站到了一个位置上，不是吗？我总是离别，总是相遇，总是结束，总是开始，开篇和结尾的起承转合，此地和彼岸的万水千山，一条条路通向迷惘的未来，一道道屏障阻断了和世界的真正联结，有多深刻的感悟，就有多伟大的作品。擦肩了多少，翻阅了无数，万万千千个得到与失去中，我希望你是那个一直阅读我的人。

"很好，我也会一直守护你，永远不会放弃你。"

看着这条甜蜜的消息，叶田田很快就睡着了。半梦半醒中，她想起乐好像在不停地输入中，却没发出消息。他在纠结什么呢？但是她还是很快就睡着了，她觉得前途充满希望，觉得不再害怕，觉得满眼未来，即便项目不行，她还有乐。自他出现以来，她的生活就充满了音乐，他就像他的名字一样，给自己带来了许多快乐，拯救自己于水火，将自己从即将溺死的状态中拉上了岸，她已经坚定了信心：无论乐什么样，都要和他坚定地在一起，她一定不再任性，不再发脾气，也不再……她只想做他温柔端庄的好太太。

她就带着那个甜美的梦入睡了。

她竟然睡了十八个小时！第二天一早，她醒的时候，习惯性地关闭飞行模式，去查看乐的短信，结果手机里竟然都是陶昕然的未接来电。

"你怎么关机?

"怎么睡这么早?

"我有急事找你,醒了打给我。"

会不会是陶昕然知道什么了?叶田田心里想,她怀着愧疚又忐忑的心情拨通了电话。

"你终于醒了,我还以为你睡死过去了。"

"睡觉关机啊大姐。"

陶昕然的那种生活,叶田田实在是觉得有点无聊,美食美衣美人。她周围的人都很美,也都很有钱,出入都是高档场合,叶田田每次和她聚会都要破费不少银子,自己还不愿意让美女花钱。每次陶昕然一请客,自己都觉得欠了陶昕然好多。叶田田觉得陶昕然这样的女孩就应该被捧着宠着,全天下最好的都给她。这是叶田田的真实想法,她过不来陶昕然的生活,可她也真的非常喜欢陶昕然,叶田田虽然笨,可是真诚直白。

"叶田田,我和你说个事儿,你旁边有人吗?"

"没人,你说啊,神秘兮兮的。"

"你最好找个人,我怕你接受不了。"

"嗯?怎么了?"叶田田眉头拧了起来。

"我跟你说啊。"陶昕然顿了顿,"你的那个李乐宇啊,是个骗子,他根本不是什么加拿大高富帅,是个小网红,就在国内。"

"不可能!他昨天还说结婚来着。"

"我知道你不会相信,你去快手上搜索辰天这个人,我先不说了,你去搜就知道了。"

陶昕然挂了电话，叶田田赶紧去下载快手，她根本不刷这个软件，下载的时候由于手发抖，误点了好几次删除，她死死地盯着那个下载进度条，终于下载完毕，她输入"辰天"，瞬间傻眼了……

☼太阳篇

一

1.

叶田田打开快手，搜索关键词"辰天"，瞬间傻眼了。

网络上铺天盖地，全部是辰天和女友的恋爱视频，叶田田惊到说不出话，提到嗓子眼儿的心在打开网页的那一刻砰地摔到了悬崖底部，那个熟悉的面孔，那个日思夜想的面孔，那个陪伴了她十八个月的寄托了全部幸福的面孔，现在长在了一个叫辰天的男孩子的脸上。

怎么会这样？叶田田还是无法相信。她的手颤抖着点开一个一个的视频，她的眼睛直勾勾地盯着手机屏幕，脑海里快速过着乐发给自己的照片，原来都是视频里发过的，她一直刷手机屏幕，直到把辰天所有的视频都刷完，已经两小时过去了。她瘫坐在沙发上，确定他是个湖北的网红，在老家恩施开了一家服装店，高中辍学，八年前就开始做短视频了，现在有着百万粉丝，靠着和女朋友秀恩爱以及耍酷来维持日常热度。

他不是说自己是在英国学习哲学的吗？

他不是说自己家里是在加拿大做军火商的吗？

他不是说自己很专情没有女朋友吗？

"所以快手上的那个人是你吗？你叫辰天对吗。"她将消息发向那个叫"乐"的小头像，麻木地坐在沙发上等待乐的回复。

过了一分钟，对方不回她；过了一小时对方没有回她；过了一整天对方也没有回复她。叶田田就这样等了一天，她除了反复刷辰天的视频，还刷了下风格和他相似的网红的视频。

那个蓝色的小头像再也没有发来消息。这让叶田田崩溃得无法思考。她感觉心丢了，奋斗的目标没了，身边的所有事物都失去了意义，眼泪不停地流下来。她就这样一直哭，陷在一股巨大的悲伤里无法自拔；她就这样一直哭，过往回忆与网络视频交织盘旋在她的脑海里；她就这样一直哭，白天过去了，黑夜也过去了。在这段时间里，她不停地打电话找人去哭诉，去讲自己被骗了，哭诉好了就给那个蓝色的小头像发消息，不停地发，几条、几十条、几百上千条，发疯了一般，她顾不得手机对面的人会有什么感受，只觉得自己已经完全失控了。她想象着自己和辰天可能会有的结局：她冲到湖北恩施去，砸了辰天的店；或者跪下来求辰天，不要改变，做回那个乐。可是这些行为又有什么意义呢？她现在甚至不确定辰天是不是就是那个乐，如果他是那个乐，闹一闹也可以，可万一他是辰天，根本不认识乐，自己不就是在无理取闹？感性和理性在她的体内争夺着领地。

她一遍一遍地刷辰天的视频，不停地分析他的一颦一笑、他发视频时的心情、他的性格、他和李乐宇到底是不是一个人。叶田田机械地、麻木地刷了上百遍那些视频，直到闭着眼睛也能回放每个视频的每一处细节，这十八个月来的信念支撑啊，在眼前感觉触手可及却又像在天边那样遥远，她此刻无法接受乐这个人根本就不存在，甚至想要辰天继续扮演乐来骗自己，始终不愿意从梦境中醒来。

于是，叶田田就开始找辰天的粉丝倾诉这十八个月"辰天的骗局"。以为粉丝会帮自己伸张正义，结果却换来了粉丝的嘲笑："他那么帅，那么有钱，不可能'套路'你，姐姐你太蠢了，你知道你自己什么样子吗？"

叶田田很好奇这些粉丝是怎样用撒娇的语气说出恶毒的话来的，他们毫无理由地支持他们的偶像。不过此刻，她根本不在乎别人怎么看她，已经不止一个人说自己蠢了，蠢就蠢吧，只要乐能回来。

可有那么一瞬间，她心底有个声音：自己爱他深，是因为给那张脸赋予了某个灵魂，那个灵魂对自己有着深切的意义，是什么呢？哲学、财富、美还是纯粹？当那个灵魂不在了，那张脸也似乎失去了这些魅力，那张脸就仅仅只是好看和周正，看不到什么有穿透力的魅力。可是这种清晰的理性很快就被巨大的不甘心所淹没冲刷——她不甘心为什么辰天的女朋友是睿睿；她不甘心辰天竟然没爱过自己；她不甘心明明是自己和他共同走了十八个月，现在却被别人摘去了果实。

又过了一天，辰天终于回复叶田田了，可内容却是："我不是你要找的乐。你搞错了。他只是拿了我的照片冒充我来和你聊天。妹子，你被骗了。"

难道真的是自己搞错了？叶田田开始自我怀疑，她甚至怀疑乐这个人从来没有出现过，一切都是自己幻想出来的。

第三天，就在叶田田勉强睡了四个小时之后，她笃定：自己没有搞错，辰天就是乐，他们的性格和星座一模一样，并且很多蛛丝马迹都可以看出两人是一个人。最重要的一点：乐给她发的照片是没有水印的，如果是从快手上盗的图，叶田田尝试过，将会有名字的水印。

　　"我知道一定是你。你不愿意承认，不愿意面对，但你骗不了我。你去问问你妈，是不是你化成灰她都能把你认出来。事到如今，我就想要个交代。你骗了我十八个月，我就想要一个清楚的解释。"这是叶田田给辰天的回复。

　　"我觉得你太蠢了，"辰天在快手上回复她说，"我根本不认识你所说的乐，盗我图的人太多了。并且你和你的那个男网友从来没见过面，还说人家是你男朋友，被骗不要紧，可你这明显是脑子有问题。我实在无能为力。"然后辰天就在快手上拉黑了她。

　　于是叶田田决定飞到湖北恩施去找辰天，她找陶昕然陪自己一起去，可是却遭到陶昕然的拒绝："叶田田，我真是看不下去了。一直以来我就觉得你蠢，没想到你已经蠢到了极点，平时看起来又精又灵的，你这也不是一般的恋爱脑，你这是彻头彻尾的缺心眼儿啊你，我现在真想骂醒你。"陶昕然愤愤地说，"你不知道自己站在什么位置吗？你家在上海，211毕业，国外游学，动辄和那些大佬谈几个亿的项目，你所有的这一切在那些人的眼里就是天，你就是神。可现在倒好，你着魔了，还要去和这帮妖精纠缠。他们就像看蠢货一样戏弄你，你懂吗？你跟他们就不是一个世界的人。"

叶田田坐在咖啡厅里看着陶昕然，虽然陶昕然的一番话让她找回了一些自信，可她还是不太懂，爱情为什么要分个高低，为什么要用户口所在地、学历、职业这些东西来给人划分等级，她很少有那种自视甚高的感觉，也不觉得自己有多优秀。她现在满脑子想的都是辰天为什么不爱自己，她甚至忘了李乐宇不是辰天，她爱的也不是辰天。

"我知道你讨厌我，你就当救我一命吧，怎么骂我都行，帮帮我，求你，帮我联系他一下。"叶田田卑微地乞求陶昕然帮忙联系辰天。她在刚刚发现辰天的谎言时，便用不同的快手号给辰天发消息，结果都被辰天拉黑了。现在她乞求陶昕然帮帮她，再重新注册几个快手号。

"我真是拿你没办法。"陶昕然恨铁不成钢地说，可随即还是帮她注册了快手账号。

"你说为什么爱情要看对方的条件呢，我觉得辰天这样也很好啊！为了他去湖北恩施，我也愿意啊！可是为什么我身边的人都不懂呢？大家都觉得我疯了，可是我觉得我们在上海的生活才是虚假做作的人生，没有爱情信仰，单单凭着谁有权势谁有钱就爱谁，从不考虑对方的灵魂是怎样的颜色。"

"可是他也太差了啊！"陶昕然一脸嫌弃地说，"高中辍学啊，宝宝，你这211本科毕业生再不济也不至于找一个高中辍学的啊！"

叶田田双手托着脑袋支在咖啡桌上："可是那些，交大清华、博士硕士的又能好到哪里去呢？2015年股灾的时候你记得吧。那时候有个私募女大佬倒台了，业绩闪崩，你是不知道她风光的时候有多气派！那时我们全公司包括老板，都是她的粉丝，尤其是我们投资总监简直是她的'迷弟'，只要有她的路演他必定到场，只要她推荐股票他必定加仓。可是你知道她倒台的时候什么样吗？她曾经的'迷弟'们在各个群里传播她的私生活照片、酒桌照片、八卦。而我们的总监，把她在某路演宣传海报上穿黑丝袜的腿部截图放大了，每个群里发一遍，说她小腿粗。可是小腿粗他妈的跟业绩差有什么关系？但是她却在所有的群里遭到了群嘲，那些私募基金群里都是精英中的精英啊！所以你告诉我精英又怎样，高学历又怎样，流氓披上金缕衣罢了。"

"话也说得太狠了，"陶昕然撇了撇嘴，"你对高学历的有仇是不？不让你去找辰天是为了你好，怎么油盐不进呢？"

叶田田缓了一会儿，镇定了下精神，将手轻轻搭在陶昕然的纤纤玉手上："我知道你是为我好，可我是无力自拔啊！"叶田田说，"我现在不介意辰天学历谎言，也不介意他有女朋友。我就想他还是原来的那个乐，是我灵魂的全部。这世界上除了他没有人能容纳我的灵魂，不行！我一定要去找他。"

"你找他干吗？"陶昕然被气得说不出话，"你知不知道你如果真去了，够他吹一辈子的了？你知道全中国会有多少人羡慕你？为什么要自我贬低呢？你去了阿姨也不会同意，你问你妈了吗？"

"我没和她说。"叶田田回答。

陶昕然瞪了叶田田一眼："不许去！"

疫情期间，尽管整个一级市场表现都很差劲，可是半导体行业却异常火爆，融资成交率高达80%，每出来一个项目，很快额度就被抢空。

陈剑的芯片星球借着良好的东风，被装到了天涂智能这个三十亿不到的股票上去，停牌完成后，不到两个月的时间，股价上涨了十倍，成为一大成长股。陈剑、彭冰、董玉岭等一帮玩家赚得盆满钵满。

叶田田这头闹着失恋，那头彭冰的项目也开始出问题。

"天涂智能这只股票是涨上去了，可是我们的账户却一直亏损，而且还一直在下跌。"周锦龙在电话里略带沉重地说，"我怀疑是彭冰的操盘能力有问题，他根本就没有自己描述的那么厉害。"

"你先别着急，"叶田田说，"我后面跟他谈一下。"

周锦龙的账户被彭冰操作亏损了六千多万，30%的回撤，而早期的约定是回撤不能够超过10%。彭冰出现了如此大的过失，竟然佯装无事地对客户和中间人一个字的交代也没有。彭冰从来不让叶田田看账户，也不跟她讲太多操盘上的细节。其实就在几天前，叶田田才刚见过彭冰，他还若无其事地让叶田田给他介绍年轻漂亮的小姐姐。

于是叶田田发消息给彭冰，假装不知道股票亏损的事情询问道："最近怎么样？"

"嗯嗯，我最近很好。对了，我最近拉了一个很厉害的操盘手一起合作。"彭冰迅速地回复道。

"周总的账户怎么样？"叶田田问。

"这个操盘手很厉害的哦，是做期货的，去年赚了三十个亿，你可以帮我们融资。"

彭冰刻意回避叶田田的揿问。以她对彭冰的了解，再问下去，他也不会回答的。这种装傻充愣转移话题不负责任的态度让叶田田心中升起了一股火，她没有立马回复，而是思考了一整天，发了一段话过去——

"我从周总那里得知你亏损了不少，为什么不跟我交代一声？还叫我去重新帮你融资，你知道你这样会给我带来怎样的损失吗？人家是看着我的面子把账户交给你，如果我像你一样给别人弄亏了钱就换下一个客户继续去坑，我在资本圈早没朋友了。你现在连个交代都没有，还叫我去继续帮你融资，法律上你是没问题，但道德上你得知道你的问题。如果仅仅是我跟你之间的恩怨或是什么的也就算了，可是大家出来做生意，道德才是约束力。你现在不知道反思，不出来给客户一个交代，还叫我继续给你介绍客户，我根本就没法跟朋友交代，周总已经算大度的了，碰到不好惹的老板，手段多了去了，我说这番话很客观，以前那些张总李总的，还有Jerry（杰瑞），张博，我用自己的名义帮你介绍了多少客户，你心里有数，不要欺负老实人，自己要承担些责任！"

"我有道德问题吗？证券投资中途盈亏不是正常的吗？合约才两个月，这两个月市场上别的基金亏成什么样了你去问问看，我一直说长期投资满一年亏损算我问题，中途亏了一小会儿要退出这算我的问题吗？"隔着屏幕叶田田也能感受到彭冰的愤怒。

那天，叶田田正在公司加班，大年初四的，她因为失恋不想在家里胡思乱想，就跑到公司一个人加班。彭冰发来这段文字后，紧接着就打电话来破口大骂。叶田田本想骂回去，可是想着彭冰性格极端，又是上海本地人，在上海多少有些势力，自己得罪不起，而且自己和他有那么多共同好友，如果骂回去了，他一定会去朋友圈到处乱讲自己。这时候大家不会去判断谁对谁错，只会听他的，因为他有钱，并且有着相对高的社会地位，"正义"无疑会站在他这个强者这边，而自己本来在资本市场上就什么都不算，被他这样一踩，就会在污泥里越陷越深。到头来，彭冰不会恨周锦龙，甚至周锦龙也可以原谅彭冰，自己却会承担所有的过错。

于是，叶田田安静地听他骂，刚开始的三十秒极其难熬，可是过了三十秒她突然觉得有些无聊，于是开了免提将手机放在桌子上，继续处理电脑上的文件。大概骂了十分钟，彭冰还在骂。大概过了半小时，彭冰开始一遍一遍地问叶田田怎么不说话。

"我在工作，在加班。"叶田田冷静地回复道。

"大年初四你加什么班？"

"嗯。"

"你听到我刚才的话了吗？"

"你要和周总聊聊吗？"

"周……"彭冰声音立马恢复了冷静，"你和周总在一起？"

"你要和他聊聊吗？不如你亲自和他解释吧。"

"不用了，你加班吧。"

"好。"

彭冰瞬间挂了电话。

如果只是一点点的伤害，叶田田会觉得很痛；如果单就失恋这一件事情，叶田田会觉得很难过——可是现在所有的烂事都来了，各种痛交织在一起，她反倒一个也不在乎了。加班结束已是六点，天全部黑了，叶田田走出办公楼，内心毫无波澜。她本以为自己会崩溃，彭冰的话就像这寒冬的风一样刺骨，可她今天穿了能去北极的羽绒服。她缓缓地穿过公园，穿过马路，走向地铁，终于意识到：这平凡的日子，才是人生的幸福所在。

2.

周锦龙这边因为亏损而头痛，而另一头的陈剑等人却夜夜笙歌，在私人别墅里开了无数次派对。

"涨是涨上去了，"董玉岭肥硕的身躯泡在温泉里对陈剑说，"怎么变现呢？"

陈剑的头仰靠在镶满光滑鹅卵石的温泉边沿上，眼睛微眯着，思考着，没一会儿，他抬起头来："办法多的是，不过最重要的还是要跟随大趋势，这点彭冰小兄弟比较在行。"

"他今天怎么没来？"

"家里有事情。"陈剑说。

"我都好久没见这个小兄弟，赶紧把他叫过来，我们商量下一步的动作，夜长梦多啊，钱不能在股市里待太久。"

陈剑若有所思地盯着水池的远处不再回复董玉岭。

彭冰已经在酒店住了一个星期，这一周他没有回家，也没有叫任何美女来酒店，而是摆了六台电脑在酒店里，他坐在一台电脑面前，旁边就是他的交易员。

"彭总，有人用一千万一单的手笔在市面上扫货，要给他吗？"交易员问。

"我看下，"彭冰的手指飞快地在键盘上移动，眼睛盯着大盘右上方的成交量，"卖，全部倒给他，速度要快。"他眼睛中闪烁着异常的欣喜。

"好的。"交易员掰了掰手指，关节发出一连串的响声，"撒了一周的网，终于钓到大鱼了！"

咔嗒咔嗒的键盘敲击声，没过五分钟，已经出掉了一个亿的货。

"开始下跌了，要不缓缓？"交易员问彭冰。

彭冰走到交易员面前，手指戳着下巴，金丝眼镜中透露出坚定和冷血的目光："不等了，全倒给他们。"

"全部！"交易员惊讶地看着彭冰，"你是说这个账户里的五个亿都出了？"

"不，全部！二十亿的资金，全部出货。今天量很大，以后都很难见到了。"

交易员不是很理解，彭冰继续解释道："我们出了这五个亿，陈剑那边一定会知道的，他一旦强行介入，势必会打压股价。囚徒困境，我们是先走的那个，既然已经得罪他们了，不如走得快一些，不然以后也没有这样的好机会了，先落袋为安。"

"好！"交易员不再说废话，多年的默契，让他知道该如何沿着市场曲线将出货价格保持在最高位。

"我跟你一起出，速度要快。"彭冰也坐回了电脑桌旁，房间里只听到两个人敲击键盘和鼠标的声音。

第二天，叶田田突然被叫到陈剑办公室，"你最近怎么回事？"陈剑问。

叶田田以为老板要把自己开掉了，就开始哭。老板久经沙场，什么场面都见过，对叶田田的眼泪就当没看见。

"专业一点行吗？"他敲着桌子说，"项目那边怎么样？"

"周锦龙不打算投了。"叶田田觉得这回应该是完了，自己在陈剑这边没有利用价值了。

"这个我早就料到了，你现在把心思从他那里收回来，可以挖掘下彭冰这个客户。咱们这个半导体的项目一定要拿下，势头非常好，后面可能有二十个亿的资金要进来。"

"二十亿！"

"嗯，"陈剑扶了扶眼镜框，"周锦龙那边你不用再跟进了，把重心放在彭冰那边。"

之前，陈剑不是不喜欢彭冰吗？怎么这么快就变脸了？虽然很好奇，可叶田田还是没敢多问。彭冰这个人虽然没什么道德感，但是他有能力，所以大家都靠近他。叶田田勉强着点点头，心里想："恶人自有恶人磨，彭冰不是我能收拾得了的人。"

陈剑又提起了让叶田田住进西郊别墅的事。他上次说时，叶田田没多想答应了，后来越想越奇怪，又咨询了周锦龙和母亲。

"你还是拒绝掉吧，"田田妈说，"肯定没那么简单，要你贡献点东西的。"

叶田田虽然单纯，但是也没那么蠢，于是这次陈剑再提别墅的事情时，她选择默不作声，这件事也就含含糊糊地过去了。

难得的周末，叶田田竟然一睡就睡了十八个小时，梦里全部都是乐回来了，辰天这个人物，只是乐骗她的游戏。她笑盈盈地醒了，可是醒来还要面临现实，现实并不好受：她不仅没人爱，她也不爱陈剑那一套；也不喜欢懦弱的周锦龙，无论和周锦龙相处多久，她都很难对这种人产生真正的友谊；朱放令她感到恶心害怕；彭冰就更是没个人的样子。他们这些唯利是图、见风使舵的人，除了拥有金钱和势力，并没有什么值得人向往和发自内心尊重的美好品质。

叶田田觉得自己这两年来就好像中毒了，中邪了，中蛊了。她觉得自己现在就像一具行尸走肉，灵魂不知飘散到哪里去了，尤其是最近，她有些上瘾地频繁刷辰天的微博、快手、抖音，用新注册的号写很长的私信发给他，信的内容都是问他为什么要这样对待自己。她一遍一遍地问他能不能回来，问他有没有爱过自己，问他还愿不愿意和自己在一起。她现在想明白了，除了那张照片上的男孩子本人，她谁都不想要，什么也都不重要，无论这个男孩子是网红还是军火商，无论他是高中辍学还是英国哲学硕士，都不重要，她只爱乐的灵魂。

最近的忙碌让她暂时地平静了好多天，此刻她又开始犯臆想症，开始狂躁和惴惴不安起来。

"我求你了，"叶田田给陶昕然发消息，"我所有的号都被他拉黑了，你就帮我发一条，告诉他我要去恩施了。"

"你又开始犯贱！"陶昕然不留情面地回复。

"你怎么骂我都行，就当救我一命吧，我实在痛苦得要死。你去帮我找他，告诉他我要去看他。"

"唉！"陶昕然叹了口气说，"我知道，你只是不甘心。你就这样想，他长得挺好看的，也算个小明星，和他谈了这么久咱也不亏，你看你现在事业不还蒸蒸日上，咱都变好了，还计较啥，就当他陪跑了。"

叶田田听完这番劝导哭得更凶了，她一边哭一边自己订了去湖北辰天老家的机票。她迷迷糊糊地反复醒来又睡去，希望永远不要醒来才好。伴随着淅淅沥沥的雨声，她睡得很沉。梦到被绿色的藤蔓缠绕，几近窒息，又在这种窒息中醒来，已是半夜，雨停了，外面充斥着青蛙和天鹅的叫声。她磨磨蹭蹭地起了身，喝了一杯水，走到阳台上，又点了一根烟，她只有在焦虑的时候才抽烟。雨后上海的夜空，灰突突的天穹下笼罩着一层诡异的红，这种迷醉的光晕诱惑着来自世界各地的人，无数人前赴后继希望在上海滩闯出些名堂，可其中很多人都被都市的欲望和人性的贪婪所吞没。这乌糟糟的天空和浑浊的空气，集结了多少人间怨念。

她去厨房倒了一杯水，在阳台上看着窗外的雨。突然，她看到左面好像站着一个女孩，身材纤细，五官秀气。叶田田没有戴眼镜，但是从模糊的观看中，她知道女孩是个美女，她想走近去打招呼，却发现根本不是什么女孩，而是阳台上的玻璃，趁着黑夜，看起来像一面镜子，而镜中的女孩就是自己，她走近了端详着，观察着自己，猛然间发现自己竟然是个美女。从什么时候开始，她变瘦了，这两年她瘦了十斤，看起来比以前更加有气质。脸部退去了婴儿肥，还变白了，衬得五官更加精致立体，整个人散发着光芒。

她惊讶于镜中的自己，伸手去触摸玻璃，又捏了捏自己的脸颊担心是在做梦。可是这些改变是从什么时候开始发生的呢？从她开始坚持跑步？从她开始坚持写文章？还是从她出来工作后开始注意自己的形象？是这两年的经历给自己带来了如此大的变化，时间和习惯慢慢地雕琢了她，以至于她现在完全脱胎换骨，有点认不出自己。但是眼神还是一如既往地单纯，只不过增加了多情和悲伤的神韵，看起来楚楚动人。

怪不得最近自己身边的男人都奇奇怪怪的，叶田田心里想，以前将自己放在男人堆里，男人都拿她当兄弟。他们使唤她，和她倾吐心事，谈项目谈工作和谈自己最近泡了几个妞儿。男人喜欢利用她，因为她头脑简单，但是却有执行力且讲义气。而现在他们要么变得很拘谨，要么就是大吹大擂彰显自己的男性魅力，不再使唤叶田田做事情，而是殷勤地为叶田田端茶倒水。叶田田对这一切的变化都感到奇怪，她经常晚上睡不着的时候思考：为什么陈剑在吃饭的时候拿一张餐巾纸都要将手腕挑得老高，让纸巾在空气中画出一个完美的弧度，那种浮夸的动作，让她以为他是要唱戏。有一次朱放约自己去办公室谈事情，谈着谈着趴在地上就做了四十个俯卧撑，完了还说自己身体不如从前了。就连周锦龙说话的逻辑也开始颠三倒四。和彭冰一起吃饭时，他也总盯着自己看，自己吃什么食物，彭冰就去夹什么食物。

突然变美了，这感觉就好像银行账户上莫名多出了一笔钱，很突然，不知道该怎么用。叶田田望着镜中的自己，突然感到好笑，以前她费尽心思才能办到的事，现在都能轻而易举地办到，自己从什么时候开始也吃到了美貌的红利？这半年来她不仅找到了待遇很好的新工作，彭冰的项目还分了她几十万，这一切的改变似乎都是因为那个男孩，因为那个男孩。她的心里有了目标，不再摆烂，对自己有了要求。一瞬间，叶田田释怀了，她不再恨乐，她突然觉得有所追寻是好的，爱而不得是一种历练，自己强（无论是外在还是内在）才是立足之本。

她看着周围，都是目光，一直以来她都像猎物一样在别人的算计中，不管是朱放、彭冰，还是周锦龙，他们对这个社会上的女孩都存在着一定程度上的压榨。可这三个人之间也不见得有什么真正的友情，他们可以相互勾结，可以酒肉为友，可以虚伪逢迎，但是不会长久生发友谊。

即便是彭冰、陈剑、老桃子又怎么样呢？这些人一代又一代前赴后继地追逐财富、名利、地位，可最后谁也留不下什么，到底该追求怎样的人生？叶田田心里一遍遍问自己，三十岁的她心里仍然没有答案，但是有一点她很确定：她想要逃离现在的生活模式，她疲了，倦了，这些年她总是在等待和不安中度过，可现在她想要冲出这个牢笼，即便前途未卜，她也要主动地做点什么，她要摆脱现在这一切。她看着手中的烟蒂，从戒烟开始，这是最后一根。

爱是一点一点发展的，却在一瞬间抽离，此刻她突然觉得辰天已经是上个世纪的人了。

叶田田回到房间，在电脑上写下了一段话——

最后一根烟和所有的昨天都燃尽了。你要承认，你对美好和伤痛的记忆力终究是有限的。在交织的岁月里，我们想成为彼此，最终还是各自回到了自己的轨道上，人也都只是暂时迷失在别人的灵魂里。

叶田田拿出手机，取消了去湖北的机票。

3.

早晨，叶田田到了公司后直接来到陈剑的办公室。

"我决定不再用这样的方式。"叶田田坐在陈剑老板椅对面的椅子上说。

"什么方式？"陈剑问，他最近好像胖了不少，脸圆了一圈，显得眼睛更加小了，并且眼神变得越来越浑浊。

"这么久以来，你留我在公司，不就是要我帮你搞定周锦龙。不仅如此，你还叫我帮你搞定那些达官显贵，不是出售暧昧，就是出售肉体。"

陈剑低着眼帘默不作声。

"我想告诉你，我是不可能成长为你所希望的那种人的，一开始可能是我误会了，所以在你提出别墅的邀约的时候，我就没有反应过来，我以为真的有这么好的事情，可是在我问过了很多朋友之后，我明白了陈老板你想要的是什么。"

"你可以走了。"陈剑用冷漠的声音说，"我再给你些时间，如果你愿意转变，就可以留下来。"

叶田田感受到一阵委屈，眼泪瞬间下来了，她也很需要这份工作，陈老板明显还没有放弃她，可是她感受到内心的某种强大的支撑似乎变小了，那种被剥削的感觉让她心痛无比。

陈剑冷漠地看着她哭，拿起桌上的茶杯吹走上面的热气，品尝着那杯上好的、不知哪个讨好他的人送来的茶："你知道你这个女孩长久以来的一个问题是什么吗？"

"是什么？"

"你不够狠，"陈剑说，"对自己不够心狠手辣，对金钱也没有太大欲望。这是你应该反思的。"

"我反思？"

"对，其实一直以来，你不是没想过走进那扇门，你只是一直在门口徘徊，你在犹豫，想着要不要进去，门里有你想要的生活，而门外却寒风刺骨。"

叶田田低下头默不作声，陈剑把自己看得如此透彻。

"其实你很明白，对周锦龙，对彭冰这些人你很了解，只要你放开了，你想要的都会有。"说到这里，陈剑停下来，看着叶田田，空气中有一种紧张又尴尬的沉默。

叶田田突然感到一阵酸楚，眼泪掉了下来。刚好人事总经理进来找陈剑，看到此情此景也安慰叶田田两句。也许是觉得在不熟悉的人面前失了态，这反倒激起了叶田田的自尊心。

"你说得对，我在金融圈这五年，我从来没妥协过，以后更加不会，我只遵从我自己的灵魂和内心。"

"哈哈哈哈哈哈。"陈剑一阵近乎咆哮的狂笑。他看着人事总经理笑，表情甚至有些狰狞，带着嘲讽的语气说道，"看到了没，原则性多强啊，那我劝你离开金融圈，你根本就不适合这里。"

这一番话又戳到了叶田田的痛处，她的眼泪流得更凶了。

"没有什么适不适合，我会成功，但是用我自己的方式。"

"送客吧。"陈剑对人事总经理说完后就背过身去。

叶田田将手中的一盆巴掌大的小绿植放在陈剑桌上："这是给您的礼物，一直以来感谢您对我的照顾，我从来没有送过您礼物，希望您不要嫌弃。"

陈剑背对着她挥了下手，叶田田便转身出了办公室。陈剑盯着电脑上大盘的那根巨大的阴线，叶田田刚进办公室时他就发现了，天涂智能今天的反应不太正常，她谈话的这段时间里，整只股票竟然跌停了。他赶紧召集所有人紧急开早会。

"天涂连续两天的跌停，不是一个好的势头，是谁出的货？"陈剑看向一旁的马来熙。

"已经去跟董秘要股东名册了，但是要一周后才能够拿到。"马来熙说

"一周！我们还等得了一周吗？"陈剑愤怒地说道，"把董秘给我叫过来。"

"好的，我这就去打电话。"马来熙说。

"等下，"陈剑突然想到了什么似的，"彭冰那边呢？问了吗？"

"他说他也没动，不知道是谁出的。"马来熙说。

"他的话能信吗？！"陈剑站起身双手拍在桌子上，此刻他多么地后悔引狼入室。看到老板生气所有人都静默了。

"你们这群博士，MBA，海归高才生，我平时养你们都是干吗的？关键时候都不给我说话了。"

"要不我们也出货吧，再不出恐怕就来不及了。"尹博士在一旁讨好地说。

陈剑不说话，呼吸却很急促。

"我认同尹博士，虽然不是最高点，但能够保障足够多的利润，也可以了。"马来熙说。

陈剑抿起嘴来仍然不说话。

"我认为可以等一等。"Eva说，"对手可能只是想高位套些利，我们可以等回暖了再出货。"

陈剑思考了一会儿，眼神里露出凶狠的目光："出三分之一，另外一部分观望，散会。"

下午的时候，彭冰在外滩附近的塑胶跑道上以很慢的速度小跑着，慢跑是他为数不多的比较健康的习惯。他昨晚刚订了去波士顿的机票，刚刚出了货大赚了一笔，最好近期出去避一避。他这样想着，不知道为什么，这次出货后，他总是感到有些不安，他也说不上来这种感觉的由来，就是莫名其妙地总觉得哪里不对劲，可是逻辑分析又讲不出个所以然。

他想着要不要给叶田田打一笔钱，毕竟陈剑算是她介绍的。可是打了钱，她只会知道得更多，万一深究起来，又会嫌弃给她的少，想想还是算了。叶田田这个人，他真的是看不懂。有时候他觉得她很清澈，一眼就望到底了；有时候，他又觉得看不懂她，她的选择和思想总是和他认识的其他女人不一样，你觉得她爱财，可是真到了抉择时刻，她又总是抱着她的原则，不肯为权财低头，但是在谈项目的过程中又很上道，很游刃有余。你觉得她单纯什么都不懂，可她好像又对某些规则和男女间的关系看得很透了，在她身上，你总会有出其不意的惊喜发现。

自己从认识叶田田到现在有五年了，刚认识的时候，他们俩都没什么钱，叶田田和他经常一起看项目，折腾股票，那时候他很爱她，但是叶田田看不上自己。后来叶田田从国外回来了，自己也有钱了，她又爱上了别人。自己似乎从未在她的心上真正立足过，这种耻辱感让他有些发狂，就好像自己无论怎样闪光，怎样吸引她，她都无动于衷。他想要报复叶田田，于是接二连三地换女朋友，并且在叶田田面前炫富，看到叶田田难过，自己的虚荣心得到了极大的满足，可此刻他竟然感到一阵悲凉，他为了这段报复，走了多少自己觉得恶心的路。他感觉疲了、累了，想就此收手了。

肤浅的生活总是日月如梭，彭冰觉得过去的十年在一呼一吸间转瞬即逝。他聪明、犀利、果敢、风华正茂，年纪轻轻赚了快钱，浑身上下都散发着朝气和荷尔蒙，周围充满了速度与激情，鲜花和掌声，女人很容易爱上他，男人很容易嫉妒他，他年纪轻轻便拥有了一切。

他外表看起来守规矩，懂礼貌，三观正，很成功，可接触久了，总能在他身上感受到一股变态的乖张和对美好情愫永远失去的不甘心，因此他拼了命地从金钱和女人身上寻找弥补。他现在眼里已经疲态尽显，性交成瘾，什么样的女人他都敢睡（同学、朋友、客户、朋友的老婆、客户的情人、合伙人的妹妹），只要是有些姿色和魅力的女人，他都想拐到自己的床上来。每次和朋友描述那些性爱场面的时候，眼睛里都快喷出火了，像极了大变态，和女人交流的时候也是直勾勾地盯着对方的眼睛看，充满挑逗和诱惑。

当一个人想要去放纵，他自己本身就是一座巨大的地狱。他不仅有性瘾、酒瘾，甚至还有毒瘾。也许他骨子里从来不想早早走上这条路，十多岁时候父母生意破产带来的不安、过早的成熟、美好事物过早的消失，这一切，让他拼命地想抓住温暖，抓不住了，就永远放弃了。他忘了自己本就是家世很好的年轻人，硬生生把自己活成一副猥琐油腻大叔模样。

什么都有了，可他还觉得什么都没有，于是拼了命想要抓住一切最好的。他羡慕真正的爱情，可他爱的姑娘，不会爱上他，他爱那种有灵魂有教养的姑娘，可是那样的女孩子，不会爱上看似光鲜实则枯朽的他。现在的日子，有钱又无聊，并且，他也算不上有钱，他努力经营得到的，仍然只是许多人的起点，毕竟他身边的朋友不是富二代就是富一代，上海滩的有钱人一抓一大把，他一个拥有两个亿的年轻人算什么呢？

然而不到三十的年纪，他已经完完全全进化成了老桃子，甚至比老桃子有过之而无不及，欲望已经放大到如此之夸张，接下来的人生又要怎样去释放这种乖张？

夜很黑了，外滩附近的塑胶跑道上有三三两两的人在健身。彭冰想着前面一个拐弯处折回就差不多结束了吧。于是加速向前跑去，就在离拐弯处不到五米的一片草丛里，一道亮光突然射出打了在了彭冰的眼睛上，他转头望过去，看到了一张笑脸面具，面具人手里拿着一只很小的手电筒，在向他打招呼。

4.

从陈剑的办公室出来，叶田田麻木地走在大街上，她再次失业了。这一个月她不仅失去了爱情，失去了工作，也失去了许多客户，周锦龙和彭冰怕是以后都不愿意再和自己合作了，失去这些人倒也不算什么，生意场本来就是逢场作戏。

可是她再也无法联系李乐宇，这还是让她感到绝望。她努力地尝试忘记他，可是不能。他的存在构成了她过去十八个月的信念支撑。她毫无保留地、绝对自由地和他交流。他们的交流几乎重塑了她的世界观，那个人也因此成为她的力量源泉和信仰来源。可现在力量消失了，信仰崩塌了，她觉得自己像被世界抛弃了，行尸走肉一般在黄浦江边游荡。

她望着对面的楼，大学的时候她总是来看那些楼，想有一天自己也能征服这些"高度"，可现在她觉得所有的事物都在鄙视和嘲笑她。越想到伤心处，心里便越是酸楚，于是哭了起来，从一边走一边哭到对着江边专心致志地小声哭，逐渐大声，号啕大哭。她看着浑浊的江面，沮丧的情绪一直在蔓延。

她盯着浑浊的江水，感觉有点飘飘然了，感觉肢体逐渐麻木，心也彻底冷却了，头脑开始眩晕。

"叶田田！"

猛地被叫住，叶田田转头一看，是一个高高瘦瘦的男孩子。她没有戴眼镜，只能模糊地看到轮廓。

男孩的声音十分熟悉，随着他越走越近——

"李……李乐宇！"叶田田惊讶地捂住嘴，"李乐宇，是你吗？"

她努力眨了眨眼睛，是李乐宇，可是再仔细一看，又不是李乐宇。一瞬间她呆住了，这个男孩子和李乐宇有着相似的轮廓，可好像又不是他。

"是乐吗？"叶田田近乎自言自语般喃喃说道。

"是我。"男孩温柔地将手伸向她。

叶田田感到难以置信，她将手搭在男孩的手上。男孩一把抱住她，很激动地说："我们，终于见面了。"

"你真的是乐？"惊魂未定的叶田田问他。

"是也不是。"男孩看着她的眼神有些调皮。

"什么叫是也不是？"

"因为我的身份很特殊。"男孩说，"所以一直没有告诉你。"

"和我聊天的一直是你吗？"

"是。"

"快手上的网红是你吗？"

"不是。"

"那你到底是谁？"

"你先别急，我慢慢跟你讲。"男孩温柔又有耐心地看着她，"两年前你在纽约的时候，那是我第一次见到你……"男孩带着回忆开始娓娓道来。

不知道从什么时候开始，叶田田喜欢在凌晨四点醒来，泡咖啡，然后慢悠悠做自己喜欢的事情。无论在哪里，她都喜欢在漆黑的凌晨喝咖啡，然后看着朝阳蹦出，眨眼的工夫，从完全的漆黑到一片明亮。她发现夜总是慢慢黑下去，可朝阳却是瞬间普照。

两年前的某个凌晨，也是这样的黑夜，烟抽到一半的时候，她突然觉得胸好闷，好像这天空要永远地把她困在这里。她转身拿起手机，随手就订了张次日去纽约的机票，还选了个特别帅的房东，顺带交好了一个月的房租。

她经常这样说走就走，一个地方待烦了，就换个地方，感受不一样的世界和人。昨天还在上海沉闷压抑灰突突的天空下，次日晚上便到了纽约肆意热烈的街头。

时差吞没了穿越太平洋的一整天，她启程的时候和到达的时候是同一天的几乎同一时刻，这骗得的十二个小时，让她觉得像是上帝的礼物。

她迅速办理了入住，迅速地融入了当地的生活。在纽约的街头，远天红彤彤的朝阳，轰隆隆的车声，时刻氤氲着咖啡气息的曼哈顿。节奏那么快，人们那么欢乐，全部都陶醉于眼前的事情。不管前一夜发生了什么，随着音乐，晨跑，工作，一切的一切被抛诸脑后。

她发现这超级城市那么无情，无情到让你觉得一切等待都是矫情，一切回忆都是错觉，一切现有的转瞬即逝。

她也遇到了很多麻烦，发现要时刻保持警惕，因为帅气的房东要坑你，街头上一大堆男人想泡亚洲女孩，那么多挑刺儿的、找事儿的自由过度的人，都不会轻易放过你这个初来的纽约客，总是变着法地想要宰你一下。人总觉得完美的事物不该有缺陷，事实相反，即便这座超级城市带着世间最高的赞美，可她也带着骄傲、邪恶、残忍、狡诈的一面伫立于世。

但这也不妨碍叶田田爱上了纽约。她总是去同一家餐厅，带着一本书或一个笔记本电脑，吃完饭就点一杯酒，坐在那里无所事事地发呆、看书、写东西。

也许是近视又不喜欢戴眼镜的原因，她从未发现远处有个目光一直注视着自己。自打来到纽约，她就一直被各种男性骚扰：房东、健身房教练、餐厅服务员，还有留学生，她不知道为什么一个亚洲女孩独自走在纽约街头，到处都是想泡她的人。

然而这道远处的目光却有些不同：他从不去打扰叶田田，而是默默地追随了她两个月。他发现叶田田经常去固定的几家餐厅吃饭，吃好饭会点一杯葡萄酒，然后开始在电脑上打字，也会每天都去一家健身房，叶田田有很多朋友，可大部分时间，她还是一个人发呆，日常邋里邋遢，偶尔也会打扮得光彩耀人去约会。

　　"你性格单纯，为人仗义，看起来有点傻。"坐在一家美式餐厅的李乐宇对叶田田说，"我观察了你很久，竟然越来越着迷这种偷窥的感觉，可是很快你就回国了，因为承受不了思念，于是在社交软件上想办法找到了你。"

　　叶田田看着手机上维基百科中李乐宇的资料，他是个公众人物，从小在国外长大，智商过人，因此年纪轻轻就已经成长为华尔街的精英，随后跳去了客户的一家公司，也就是现在所任职的上市公司当高管。她也明白了李乐宇为什么隐藏真实身份来和自己聊天，这样有头有脸的人物自然不能轻易向网友泄露信息。

　　"果然如此，那你为什么用别人的照片？用你自己的不是很好吗？"

　　"由于不方便透露自己的信息，我在网络上找到了一个和自己很像的人的照片。"

　　"所以那个网红辰天一直对你用他照片的这件事毫不知情？"

　　"没错。"

　　"所以确实是你和我聊了十八个月？"

"是我，对不起一直隐瞒了你。我知道你很生气，但是后面我会弥补你的。"

"这真的是，你？"叶田田目不转睛地看着维基百科上李乐宇那份优秀的简历，觉得有些不现实，"你不会又在骗我吧？"

"是我。"李乐宇有些似笑非笑地说，"都这时候了，我还骗你干吗呢？"

"你不是说自己家里是做军火的吗？"

"这个……我有一个发小家里在做，所以我很了解。"

叶田田用狐疑的眼神盯着他："你到底还有多少内容是骗我的？！现在一次性都交代清楚了吧，我不想再被蒙在鼓里了。"

"你别急，别急，田田，"李乐宇小心地安慰着她，"我已经回来了，我的任务就是守护你，再也不会离开你，我们慢慢聊这些。"

一年半前，李乐宇在软件上找到了叶田田，他从来都不在社交软件上用自己的真实照片，他自己不擅长拍照片，但是在刷抖音海外版的时候，发现了一个和自己长得蛮像的男孩子，于是就开始定期地去"偷"照片，用辰天照片来和叶田田聊天。

叶田田感到难以置信，也就是说她误会了辰天，还骚扰了辰天，自己天天叫着嚷着私信给辰天留言骂他是渣男，而真实的辰天对这些毫不知情。面前的男孩子虽然轮廓和辰天有些相似，但是整个人的气质散发着一股子书生气，从眼神中又看得出他是个坚定且极其有主见的人，不似辰天那般放荡不羁。

两个人在咖啡厅，一起回忆了很多聊天的细节，叶田田才终于确定眼前的人就是一直陪她聊天的乐，一时间喜极而泣，抱着他哭了起来。哭完后她还是觉得不可思议，在咖啡厅盯着李乐宇看了很久，又看了看辰天的照片。

"真的太像了，你俩，"叶田田说，"像双胞胎。"

"很多人都这样讲，"李乐宇低头吸了吸鼻子，"但实际上我和他不认识，而且完全不一样。"

"是不一样，"叶田田说，"看着像，但是完全不一样，他在短视频软件里做网红，你在美国华尔街做精英。"

"田田，你本人比照片上好看。"李乐宇笑嘻嘻地说。

叶田田望着他，还是觉得很别扭，她脑海中总是浮现辰天的那张脸，还是不能将面前的人和网上的辰天联系起来，也无法将辰天和陪伴了自己十八个月的乐联系起来。那张脸和那个灵魂总是很割裂，不过她感受到心脏渐渐回暖了，不管怎么说眼前的这个男孩把她从鬼门关拉了回来。

两个人继续聊天，李乐宇说自己已经调回国内工作，目的就是为了见叶田田，他知道自己之前对不起她，现在想要好好照顾她。叶田田觉得这一切很不真实，怀疑自己在做梦，感觉自己和眼前的男孩似乎很久以前就认识了，他看起来很眼熟，很面善，甚至有点完美，她感觉晕乎乎的，脸颊在发烧。不幸和幸福之间只隔一根线，天堂和地狱也只差一道门。

于是她彻底删除了快手，再也没有去翻那个叫辰天的网红的消息。

二

1.

"彭冰死了！"陶昕然说。

听到这句话的叶田田突然从沙发上跳了下来："什么？"

"你还不知道呢，都上头条了，现在整个陆家嘴因为这件事情都很轰动。"

叶田田翻开头条，某基金经理夜跑猝死的新闻赫然在目，新闻隐去了他的名字，可图片上的他还穿着那条他经常穿的短裤和白色T恤。

消息来得太突然，叶田田一时半会没反应过来，她怀疑自己在做梦，或者是不是新闻搞错了。过了大概半个小时，在翻查了无数新闻之后，她才意识到彭冰真的走了。

"怎么会这样？！"

另一头的Eva和陈剑也收到了消息，陈剑在办公桌前心急如焚地踱来踱去，看起来焦躁无比，而Eva则坐在椅子上淡定地看着他。

"他死了倒不算什么，"陈剑嘴里嘟囔着，"只是那些个账户和仓位，要叫人去处理下。"

"他不就买了天涂智能那五千万。"Eva说，"这个损失还是可以接受的。"

"不止这些，后面又追加了一些，现在叠加起来有十个亿。"

"这么多！"Eva并不知道私下里陈剑和彭冰又达成了什么交易，这就是陈剑，大事一个人做主，需要擦屁股的时候找下属处理。

"对。"陈剑现在肠子都要悔青了，"我怀疑他的操作是被人盯上了，讲不定我们的那几个账户也被人盯上了，现在赶紧找人去处理下。"

"但是他死得也太突然了，"Eva说，"真的是猝死吗？他年纪轻轻。"

"现在不好说，他年纪轻，风头盛且不知收敛，得罪的人一定很多，想要他命的人也很多。"陈剑的声音瞬间提高了，"但是现在这些都不重要！"他转过头来，脸因为愤怒而有些红，"我们的账户在他手上，一旦他死了，我们的账户也会被调查，所以去做你该做的事，不要再问了。"

"好的，我这就去办。"话毕Eva就从陈剑的办公室离开了。

晚上的时候，Eva到陈剑的别墅里去会见他。

"事情处理得怎么样了？"陈剑问。

"没问题了，我已经找人把账户清掉了，今天先清理一部分，明后天继续操作。"

"你找的谁？"

"彭冰的交易员，条件是给他五百万。"

陈剑点点头："亏得你平时在这些人之间游刃有余，关键时刻，还得是你。"

"陈总过奖了，只是后面要怎么处理？"

"没事，你别担心，我今天已经叫小马那边把关联的记录全部永久性删除，这些数据将永远从这个世界上消失，以后出去不要再谈彭冰这个人。另外你去关注下他家人那边，看有没有闹事的迹象。"

"好的。"Eva不再多问，她知道此刻的陈剑心里一团乱麻，自己多说多错，于是汇报完工作就赶紧离开了。

彭冰的死虽然很蹊跷，但是这件事也并没有对大家造成很大的影响，项目继续，生活继续，不管他是大佬小佬，权贵还是政客，再重要的人物，这世间多一个不多，少一个不少。彭冰的葬礼除了亲戚外，几乎没有什么人出席。叶田田感到一阵悲凉，彭冰活着的时候称兄道弟的几个人都没有来参加他的葬礼，对于这些"兄弟"来说，感情上并没有什么悲恸，而餐桌上却多了许多谈资。有为他年纪轻轻感到可惜的，有因为他给亏了钱感到不值的，感慨最多的，还是关于彭冰的死因，几乎没人相信他是猝死。

"他死了不要紧，我们的账户怎么办？"周锦龙坐在办公室里问叶田田。

"亏了多少？"叶田田问。

"50%。"周锦龙说，"他一直说能够做回来，上次还打电话来一直跟我们道歉。"

"他还跟你们道歉？"

"嗯，一直说对不起呀，会把净值做上去的。"

叶田田没想到彭冰也会道歉，他在自己面前可一直是一副趾高气扬、言之凿凿的样子。

"现在看来只能撤回账户，自己调仓了。"叶田田问，"你们都配资了什么股票？"

"主要就是天涂智能。"

"怎么你们也是这只股票？"

"还有谁配了？"

"我在陈剑那边的时候，常听他提到这个。"

"你从那边离职了？"

"对，上个月刚离职。"叶田田没有说李乐宇从加拿大回来的事情，但她觉得这一切也太巧合了，怎么所有人都能和天涂智能这只股票扯上关系？

"可是彭冰怎么会猝死呢？"叶田田问，"我完全没听说过他有什么病啊，这也太突然了，虽然这几年经常听说有人猝死，但那些人都是加班过多，压力过大，难道是因为彭冰压力过大？"

"可没那么简单，我看是有人看不下去了，总之不会是猝死这么简单。"

"你这样以为？"叶田田感觉脊背上的汗毛都竖起来了，"那会是谁呢？"

周锦龙抬起眼帘盯着她，这让她感到害怕，她第一次发现周锦龙的眼神如此凶狠，不由得咽了下口水，周锦龙看到她的表情却笑了："看把你吓得，肯定不是我们，我们做生意二十多年，图的就是个稳，彭冰别说给我们亏钱，他就是故意闹事我们也不会主动出击，只会息事宁人，只是我和你的担心一样，也觉得可能是他的仇家，甚至我们熟悉的人害死了他。"

叶田田拿起桌上的茶杯呷了一口，镇定了一会儿："唉，事情搞成这个样子！"

"你先别担心了，早点回去休息吧，我们的账户已经从他那里撤回了，后面我会处理。"

叶田田离开后，周锦龙便打开了交易账户软件，上面一排一排绿色的，全部是亏损的股票，他再一次感到绝望，工作这么久以来，自己还从未犯下如此大的错误，此时远在美国的老板打来电话，要他砍掉全部股票，终止全部交易，可是那样一来，不就意味着自己长久以来的努力都白费了？不仅这几个重要的账户损失严重，就连自己在老板心里建立起来的信任也要土崩瓦解，他不甘心，因此和老板商量着再缓缓。

"好吧，"对面的老板说，"我再给你一个月的时间，如果账户还是没有回暖，你自己看着办吧。"

挂了老板的电话，周锦龙将头埋在双手上，这几近窒息的压抑让他觉得心脏越来越紧。

"现在要怎么办？"他心里问自己，抬头看了看电脑上显示的天涂智能的股票，70%的仓位都压在了上面，他决定去见一下这家上市公司的董事长，了解一下内部的信息。于是他打了几个电话，动用了一些关系，但只是被安排到了董秘的接见，他不是很满意，正在思忖之际，他突然看到了手机上陈剑的来电显示。

2.

叶田田见完周锦龙就去了李乐宇那里，经过这段时间的相处，叶田田发现李乐宇是温柔细心的人，他说话总是轻声细语，有着温柔的性格，看起来文质彬彬，可是内心极其坚定。他从小的梦想，一直坚持到了现在；从小陪伴他的玩具，他也一直留到了现在。对待身边人，从来不会颐指气使大声说话，对叶田田就更加温柔，同她说话时总是眼含笑意。叶田田说话总是东一个想法，西一个想法，他会把它们统统拉回；叶田田总是一堆的为什么，他也总是耐心地一一解答；叶田田总是没有耐心，风风火火，他就跟在她身后，帮她捡起她随意丢弃的东西。接纳叶田田的一切，即便是叶田田的缺点，他都能发现其中的美感。

真正的李乐宇出现了，这让叶田田的生活又恢复了生机，她重新找了一份工作，是在一家走到了D轮的医疗器械的上市公司做IR（投资者关系管理），这份工作竟然非常适合她，她形象气质在这两年里变化很大，专业性也比之前更强，对接整个资本市场上的投资机构游刃有余。

这家公司的老板是医疗领域的资深专家，名牌大学的医学博士，后来在某大集团工作了二十六年，首次出来创业就获得了一亿美金的天使轮融资，所创业的领域刚好对接了国家这几年对手术机器人的需求。

公司所研发的机器人产品，有着过硬的技术保障和市场稀缺性，因此一旦临床试验成功，将迅速大规模投入生产。且公司团队整体素质过硬，80%以上为硕士学位，叶田田来到这里感觉像个干瘪的小海绵一样迅速吸收着专业知识，很快就能代表公司出去对接资本市场投资人。

入职公司一个月后，她发现这家公司与之前所服务的所有公司都不一样：这家公司董事长的风格极其正派，将所有的时间精力都用在了产品研发以及管理公司内部团队上，很少有时间去参加酒局饭局，也很少去理会周锦龙这样的小基金，他甚至告诉叶田田不要在这些风气不正的基金以及项目上浪费时间，抓紧时间去提升自己的专业实力，跟紧研发团队，用实力说话，而不是用公关手段成事。

叶田田醍醐灌顶，终于明白了一个真正的好项目是怎样运作和成长起来的。

与此同时，半导体行业的融资也在如火如荼地进行着，陈剑的半导体项目竟然拿到了四十七亿的融资，成为一级资本市场上最闪耀的新星。

这一日，叶田田正坐着李乐宇的车兜风，一个电话突然打进来，是陶昕然约她去下午茶。

叶田田提前了大概两个小时到达酒店楼下，陶昕然才姗姗来迟。

"不好意思呀，baby，为了见你我精心化了两个小时的妆。"

今天约会的地点是陶昕然经常来的一个露天下午茶，坐落在外滩边上的一座酒店大厦上，这家店下午四点钟才开始营业，不仅营业时间晚，而且需要预订，临时来几乎没有空位。

两人乘着直达电梯一路到了五十六楼，电梯出来直走是一个螺旋形台阶，沿着旋转台阶上楼，便是露天大阳台，视野十分开阔。这个巨大的阳台就是酒吧，临着楼顶边缘处是一排完全玻璃制的隔窗，紧挨着玻璃隔窗就是白色的沙发，颇有地中海气息，沙发前是一张张小方桌，可以用来拼桌。坐在沙发上，可以远眺黄浦江以及浦东浦西的标志性建筑，令人心旷神怡。

两个人点了一份下午茶套餐，看着叶田田有请客的意思，陶昕然也没好意思点太贵的，每次聚会尽量选便宜点的餐厅，是陶昕然最善解人意的表现了。这种餐厅的服务员都很随意，喊半天不来一个人，点了餐也很久才上，服务员态度看起来很散漫，似乎很不情愿出来打工。可是下午茶一端上来，叶田田就是一阵赞叹，精美的三层托盘，每一层都摆放了不同的蛋糕甜品，涂满红莓果酱的巧克力派，鹅黄色的芝士蛋糕，质地细腻的黑巧蛋糕，焦脆诱人的芒果布丁，还有陶昕然最爱的英国司康饼，因为客人是美女，老板还殷勤地送了两杯梅子气泡酒。

怪不得别人排了队预约也要过来，虽然过程有些波折，可此刻叶田田心情大好，开阔的视野，陶昕然美得像希腊女神，满桌丰盛诱人的美食，任谁都难以抗拒这种"屋顶阳台"式的生活。

"最近怎么样？和你那个乐相处得愉快吗？"陶昕然问。

"挺好的。"

"我……我最近分手了，你知道吗？"

"……"叶田田一脸疑惑，怪不得陶昕然今天看起来有些忧郁，但是依旧美丽，"什么时候的事？"

"一个月前就开始分了，一周前刚刚分彻底。"

"什么原因啊？"

"他公司破产了，疫情期间受了很大的影响，我最近家里出了些事情，他也没有参与，索性就分了。"

"别难过。"叶田田把手搭在陶昕然的手上，想着怎么安慰她一番。

"嘻，我才不难过，"陶昕然一脸云淡风轻地说，"是他总是放不下我，我的微信被他删了加，加了删的，几十次了。"

"你这么优秀，换谁都放不下啊！"

"总之都过去了，他也找了新女朋友，一个学艺术的1996年的。"

"这么快！"

"我也有新男朋友了。"

"你也这么快！"

"都成年人了，谁会在分手这件事情上浪费太多时间呢？"

"可这……给我看看你的新男友。"

"暂时保密。"陶昕然看着叶田田露出一个神秘的笑容。

"啊！我来猜猜，一定是我认识的，对不？"

"你别猜了，过段时间你会知道的。"

"搞得这么神秘。"

"我们这个年纪的女孩，最大的事就是结婚，所以我想等稳定一些。"

叶田田若有所思地望着远方的"三件套"："你看那些楼，不就是普普通通的建筑，可为什么那么多人前赴后继地开发它们的商业资源，办公楼、住宅，所有能够望见它们的地段都那么贵。"

陶昕然回头望了望黄浦江和"三件套"。"地段很重要，就和人的位置一样，你占据了核心地位，身价就高。"

"你也可以选个位置好的嫁了，李乐宇就不错，你辅佐他爬一爬，没准儿过个十年就到核心位置了。"

"哎，就是这样，总把我的价值和我的男人绑在一起。"

"那你要怎么样？我看你就是闲的，老想改变世界。"陶昕然不屑地看着叶田田。

"可我是青年。"

"青年，哈哈哈，叶田田你是民国时候穿越过来的吧。"

叶田田瞪了她一眼："作为年轻人，不应该有点抱负啥的吗？用自己的思想和力量来改变一些什么，就比如这个哲学，我觉得中国有很多很好的思想，古代的许多经典哲学文学，都非常先进，我也研究过西方罗素、加缪、伏尔泰等人，发现全世界在同一个历史时期，所诞生出来的许多哲学思想都有着异曲同工之妙。"

陶昕然略显嫌弃地撇了撇嘴："我可不想做什么改变世界的事情，"她优雅地摆正了身体的方向，"我就只想好好地享受生活就是了。"

"可是你有没有想过，你所享受的好生活是谁给你带来的？也是那些改变世界，或者说奋力杀在第一线的人。如果所有人，都想着坐享其成，不劳而获，那这个世界会变成什么样子？"

"我不觉得我这样有什么不好，社会分工不同，"陶昕然眼神暗淡了下来，目光有些凶狠，叶田田意外地发现她烟熏妆的眼角下竟然有几丝鱼尾纹，"你去看希腊的女神海伦，还有中国的四大美女，我们这种女人激励了社会上男人的斗志和雄心，不是所有人都要奋战在第一线的，有的人努力是为了奖赏，而有的人就是奖赏本身，男人奋斗赚钱，目的不就是得到我这种女人吗？"

听到这一番言论，叶田田感到惊讶，这是她不曾拥有的视角，来自女神的俯瞰，她瞬间觉得是自己的格局小了，自己和陶昕然是截然不同的物种。

"男人在社会上要会演戏，女人在男人面前要会演戏。目标对象不同，你总把自己当男人，男人自然把你当哥们，而哥们的属性就是相互利用，所以你只能当男人的工具。不过你也别伤心，不只是你，这社会上的许多女人都只是男人的工具，男人娶她们考虑的是性价比，传宗接代，社会地位。不要觉得会工作有多么了不起，也不要觉得长得美的女人没智商。"

"可是我在社会上也没有演戏，我都是在做我自己。"

"就是说呢，我也不知道你怎么混到今天的。"陶昕然调皮地朝她眨了眨眼睛。

"你有没有想过或许是你错了呢？或许是你选择的男人错了呢？那些唯利是图，拿女人当玩物，内心没有信仰也不懂真爱的男人，只有享乐和欲望，任何人都是他们的工具。"

"你是说我的眼光有问题？"

"不是吗？社会上有那么一拨人：男人唯利是图，不想着真正做好一件事情，却打着正义旗帜投机倒把；女人臭美拜金，总想傍大款，以爱之名套取男人钱财。你选择哪种生活，就会遇到哪种人，而不是世界上只有这种人。"

"叶田田，你去过精神病院吗？里面都是觉得别人有问题的。"

叶田田抬头望着陶昕然，竟然发现她的眼中写满厌恶和恶毒，平日里美好优雅的光荡然无存，整张脸显得黑暗阴沉，那张曾经被叶田田惊为天人的明媚的脸，此时此刻不仅寻常无比，甚至在刻毒的映衬下，反倒不如一张寻常的充满柔和线条的脸。怪不得自从和陶昕然走得越来越近了之后，周围的人都以为叶田田要开始傍大款了，甚至就连陶昕然的朋友也劝叶田田远离陶昕然，担心叶田田学坏了。陶昕然永远活在美颜世界里，鄙视辛苦上班赚钱的人，希望不劳而获，渴望别人的膜拜。物以类聚，人以群分，自己大概不会和陶昕然走得太长久，这个女人没有思想深度以及美好的情操，那一刻叶田田终于意识到了这一点，于是匆匆地找借口买了单就和陶昕然告别了。

坐上回程的地铁，她长舒一口气，那一刻她觉得自己似乎失去了陶昕然这类朋友，但眼前却更加光明了。良禽择木而栖，无论是朋友、老板、同事还是爱人，选择的时候都要有原则，这是叶田田感悟到的，频率不相同的朋友只会消耗自己，陶昕然虽然外表看起来美丽，可是和她的交流不但没有营养，甚至全部是一些肮脏黑暗的想法，她的世界都是怎么算计男人。

那一刻叶田田感到一阵解脱。

西郊别墅的三层阳台上，陈剑冰冷地盯着远方的天空。

他的公司最近出了岔子，急需资金，没有那么多资金周转，他便抵押掉了自己在上海古北的两处豪宅以及一块商业用地，但是资金仍然不够，他便想用抵掉地的钱在股市上再捞一把，解决公司的燃眉之急。尽管他以前从来不碰二级市场，一直以来都专注在一级市场。半导体项目给他赚了十几个亿，但他手下的酒店项目以及旅游项目损失惨重，因此半导体赚到的钱完全不够弥补亏损，这是前所未有的危机。

他将抵押房子的五个亿放了1：3的杠杆，五个亿变成二十个亿，然后他交给彭冰的那十个亿，还没开始收割就已经损失掉了本金，做盘这种事情，做得好了短时间内就有暴利，做得不好，那就是反向催化剂。看到彭冰在一周不到的时间亏损了将近50%，他像个红了眼的饿狼，此刻心态已经接近崩溃。

他折回客厅，从桌上拿起了那瓶白兰地，倒入玻璃杯中，一饮而尽，又点了支雪茄，坐在老板椅上，猛吸了一口，将脖子靠在椅背上，长长地吐出烟雾。

"彭冰这个人死不足惜，"他心里想，"就这样死简直太便宜他了。"他又饮了一杯白兰地，盘算着下一步该如何操作才能够盘活当下的局面。

烟缸里已经铺满了烟蒂，两杯白兰地下肚，他开始有了醉意，借着酒精，情绪也开始弥漫。

本来周锦龙的那笔资金是可以谈成的，刚好五个亿，陈剑看着手中雪茄的烟头，如果这个五亿到位了，那么一切问题都可以解决了。

是的，就是周锦龙，这个唯唯诺诺的人，按自己以前的风格，向来是不屑于和这种级别的人合作的，可是今时不同往日，Eva越来越有自己的想法，也越来越有权力和资源，早就不把他这个老板放在眼里，而马来熙和尹博士这帮人，就会跟在主子后面吆喝，关键时刻使不上什么力气，现在就只能靠自己。

他又给自己倒了第三杯白兰地，喝了一半："没错，就是五个亿，现在我只要打电话去找周锦龙，像以前称兄道弟那样去公关他，那么这件事情就解决了。尽管心里无比厌弃这种人。"他猛力地用书捶了下桌子，将烟灰缸一把摔向地面。

"我只需要五个亿就能盘活一切了。"他走向阳台拿出手机，拨通了周锦龙的电话。

3.

周末的时候，李乐宇被叶田田邀请来家里吃饭，他在听完叶田田对聚会后的描述后说："你跟陶昕然那种女孩本来就要少来往，你们不是一条路上的人，根本做不了朋友，你妈妈没有跟你讲过吗？"

"讲过呀，可我总觉得她身上有某种东西吸引我，我也说不清楚。"

经过最近一段时间的相处，叶田田已经和李乐宇无话不谈，叶田田和他聊各种工作上的事情，他也和叶田田讲内心最深处的阴暗。叶田田喜欢这样的相处模式，她和李乐宇就像两个最好的朋友，不仅欣赏对方身上的优点，还完全包容彼此的缺点。

在李乐宇的引导下，她变得没有那么愤世嫉俗了。

自从李乐宇出现以及换了工作后，叶田田见识到了什么是真正的好项目和好资本，以前她的背景不好，所处的平台不好，也没有李乐宇这样正面的人去引领，因此非常容易钻牛角尖。而现在她懂得了好的公司文化决定一个人在工作时候的热情和成长速度。

因此换了工作后，叶田田整个人的精气神状态都变得比以前好了许多。

新的公司在医疗创新技术上非常领先，在医疗场景中，医生、企业等多方希望将先进的诊疗技术推广到更多医院。当前临床应用里，一体式手术机器人仍为主流，但进口的腔镜手术机器人入院价格在数千万元人民币，由机器人辅助的腔镜手术价格要高于普通腔镜手术四五万元，且多为病人自付。另外，对于外科医生来说，至少需要三十多台手术的学习周期，才能掌握相应技术。

而这家公司采用模块化设计，将手术臂单独分开，使医院可根据实际需求选配台车数量；模块化台车根据术式灵活摆位，也可在不同手术室之间便捷移动；占地面积小，更适用于现有手术室，以降低入院成本以及患者使用成本。

叶田田加入公司的时期，刚好赶上了公司最繁忙的临床试验成功前夕，因此企业大量需要人才，她来到公司后，几乎没有停顿，快速地培训了一周，就赶紧开启了繁忙的资本对接工作，另外还要负责公司的一些大客户以及政府关系处理。

感谢这几年的行业积累，使得她无论处理什么样的公司关系都游刃有余。她每天回家就跟李乐宇汇报白天的工作进度。

"我觉得我终于是选到了一家好公司，"叶田田说，"一家真正有创新科技，真正做事，且老板为人正派的好公司。"

她对自己现在的这份工作很是满意。

但李乐宇说他总是做同样的一个梦："一个小男孩从四岁开始，就拼命地逃亡，他知道自己身后一直有着死亡威胁。"他总是因为这个噩梦而惊醒。

"然后呢？"叶田田问，"就没有梦到过结局吗？"

"有过很多个版本的结局。一个是小男孩变得极其上进，最终事业有成；另一种就是他变得萎靡不振，然后完全黑化。更多的时候，都是在不停逃亡的场景。"李乐宇说，"然后我就醒了，很奇怪，大概每个月至少会做一次这样的梦，有的时候是连续每天都会梦到这些。"

"我很能理解你的这种感受，因为我从小也总梦到我家的老房子，同样的梦境和情景，反复地出现。但是这些年我好多了，我想可能是内心更强大和成熟了，所以逐渐摆脱了那个梦。"叶田田安慰他说，"咱们都应该有一些积极阳光的想法，就不会有那么多的梦魇了。"

"也许吧，我还不够强大和成熟。"

"你很强大和成熟，"叶田田笑眯眯地凑到他跟前说，"起码比我强大和成熟，我都离不开你呢！"

"你这嘴可真甜。"

"所以我叫叶田田啊，特别甜。"

"哈哈哈。"房间里传来两个人的笑声。

"怎么这么开心呀？该吃饭了。"田田妈跑过来敲门。

"来了。"叶田田应着，"走吧，我们去吃饭。"起身拉起李乐宇的手就准备往门口走。

"等一下。"还没有走到门口，李乐宇突然停了下来，从口袋里拿出手机，他点开一个软件，上面显示着心电图一样的信号图，"你的房间有些不正常的信号。"

"你在说什么？这是什么？"叶田田指着李乐宇手机上的信号图问。

"这是我长期以来的习惯，因为开的会都比较机密，所以会随时用软件检测周围是否有窃听信号。"

"那你是什么意思？"

李乐宇拿着手机在叶田田的房间内走，手机上的信号开始波动，走到临近阳台的地方，竟然发出了警报声，他转过头用严肃的眼神盯着叶田田。

"你这眼神，什……什么意思。"

"嘘……"他将食指放在嘴唇上，开始在阳台和房间交界的地方反复试探。叶田田感到头皮有些发麻，他是觉得有人在监听自己吗？这太扯了。李乐宇找来找去，最终将目光锁定在了那盆假花上，他拿起花盆，将花盆中的假花和泡沫塑料一并取出，就在掰开泡沫塑料的一刹那，一个蟑螂般的东西突然掉了下来，叶田田上前捡起来，是一个黑色的芯片一样的东西，李乐宇从叶田田手上拿过芯片，找了一把指甲刀将其剪碎。

"你被监听了。"

叶田田吓得双手捂住嘴巴："怎……怎么可能？我……我又没有得罪谁。你说这个小芯片……"

"这个不是芯片，而是窃听器，你最近有没有感觉有什么人在跟踪你？"

"最近，没有啊。"叶田田想到之前，就在没有和乐见面之前，自己经常感觉到后面有人跟踪自己，她吓得要哭出来："我们……我们报警吧。"

公安局里，叶田田和李乐宇在向警察汇报情况，警察调出监控，可是并没有发现叶田田家有任何陌生人来过的迹象，那么窃听器是怎样放在花盆里的呢？

"你是在哪里买的这盆花。"对面的警察乔悠问，他长了一张黝黑的脸，看起来很干练。

"淘宝上。"

"哪一家？"

叶田田从淘宝上搜出购买记录："就是这家，湖北恩施的一家假花店，因为我不喜欢养真花。"

"如果不是人为进行安装，那么就是你买假花的时候就被安装进去了。"

"可是假花店家为什么要监听我呢？"

"这个我们还要继续调查。"乔悠上下打量着叶田田，许久缓缓开口道，"你认不认识一个叫周锦龙的人。"

叶田田看着乔悠神秘的眼神，感觉心都提到了嗓子眼儿："认识呀，怎么了？他不是就在这附近住，我们两家离得很近。"

"嗯，"乔悠用鼻子轻哼了一下，"他今早心脏病发作，死在了睡梦中。"

"死？"叶田田感觉大脑发飘，眼前一阵模糊，空气似乎凝滞了，她感觉像在做梦，"真的假的，你说的是周锦龙吗？一个私募基金总经理。"

"我说的就是你认识的周锦龙，他的家属来报案了。"

"那你怎么知道田田认识他，你们在怀疑什么？"李乐宇问。

乔悠盯着李乐宇那张秀气的脸看了一会儿，开口说道："我们怀疑最近的几起案件包括这个，"乔悠举起手中的窃听器，"都是一同伙人作案。"

叶田田哆嗦了一下，眼泪差点从眼眶中夺出，她的脸变得非常苍白，几乎无法说话。

"你们今天先回去吧，后面有结果我会通知你们。"乔悠望了下一旁的李乐宇，"好好照顾你女朋友，她状态不太好，近期尽量不要离开她。"

"好。"李乐宇应声回答。

回到家，叶田田一时半会没有从刚才的惊吓中缓过来。李乐宇给她倒了一杯茶："我带你去别的地方待一段时间吧。"

叶田田抬起眼帘望着李乐宇："为什么？我们又没有做错事。"

"这跟做没做错事无关，暂时避一避。"李乐宇轻轻地抱着她。"不行，你没听警察说吗？他还在调查，我们要配合他。"叶田田拒绝道。

"那也不影响，相信我，换个环境对你有好处。"

"可我的父母还在这里，"叶田田眼泪流了下来，"我怕他们有危险。"

"不会的，"李乐宇轻轻拍着她的肩膀安慰她，"我们只是出去散散心，很快就回来了。"

叶田田犹豫了一会儿，还是答应了，靠在李乐宇肩上，她觉得自己确实压抑得快要窒息了。

4.

早上的时候，叶田田一个人出来晨跑，她又去了家门口那个熟悉的小公园，当初和李乐宇网恋的时候，一闹矛盾，她就来公园里散步，乐失踪不理自己的时候，她就来这里跑步，不开心了也来这里跑步。

昨天听周锦龙的手下说，他是由于项目的巨幅亏损而死于心脏病突发，在彭冰给他干亏了几千万后，他又私底下去找了陈剑，私底下和陈剑达成了交易，将公司的一部分资金投资到了陈剑的芯片星球上。什么样的交易条件，叶田田就不知道了，毕竟，周锦龙做这一切的时候都没有知会自己。他已经不止一次跳过自己这个中间人了，从一开始合作项目，周锦龙就经常在拿到了资源后，招呼也不打地直接跳过叶田田，叶田田心知肚明，却也睁一只眼闭一只眼，周锦龙的公司成立最初阶段，60%的项目都和叶田田有关，他们因为自己的介绍不知赚了多少钱，却连那一点点也不愿分出来给叶田田。因此后来周锦龙的公司巨亏，叶田田甚至感到一丝快感。现在周锦龙连命都搭进去了，还好他是跳过了自己，叶田田心里想，不然自己还要为这件事情负责，有的时候，资本市场上，真的不是所有的钱你都可以赚的，赚了那份钱，就要负相应的责任，此刻叶田田感到有些释怀，但是有一种说不清的感受，为什么死去的人都是跟自己曾经有过交易或者瓜葛的人。

此刻公园里很安静，铺着塑胶跑道的路上没什么人。她一边回忆着过往一边往前走，可是她似乎感到身后总有脚步声，并且这个脚步声好像是冲着自己来的。她猛地一回头，却没人，可是转过头继续走，又听到了脚步声，她再次回头，依旧没人。她感到匪夷所思，转身继续往前走，感觉眼前的一切如此熟悉。她定睛一看，竟然鬼使神差地走到了周锦龙的公司楼下，她向上望了好久，想起周锦龙曾经对自己的好，他从她这里走了那么多的项目，他为自己的每一件事操心，他开车载自己去这里那里的，经常为自己出谋划策。虽然陶昕然一直在拱火说：看一个男人爱不爱你，要看他为你花多少钱。周锦龙没有为自己花过什么钱。可是他不是自己的男人啊，一个普通朋友为你的事情这样上心，是很难得的。

叶田田对周锦龙谈不上喜欢，讨厌呢，他也没有重要到那种程度，只是周锦龙开启了她对金融的认知，她在周锦龙的指挥下不停地按照金融世界的规则去行走，他教她如何在金融的世界里明哲保身，教她如何让合作方愿意把资源贡献出来，有时她觉得他指点的路不仅行不通，甚至自己都快走丢了，可也不能全怪他，毕竟他自己也仅仅是个打工的总经理而已，社会太庞大太复杂了，更多的要靠自己悟，没有人能够一直陪着你。

想到这一点，她就更加感激周锦龙，她觉得他是仁慈的，他从来没有用手中的权力伤害自己，或者强迫自己（当然周锦龙估计也知道那是行不通的）。想起他讲的那些话，教会自己的道理，她竟然哭了起来。

人的一生要有许许多多的老师，尤其是那些让你感受到生活的痛楚的人，他们是最好的老师。叶田田觉得周锦龙太可怜了，为自己做了那么多，自己却一个好也不记得人家，甚至变本加厉地要求他做得更多，不知道什么时候开始自己的心上蒙上了厚厚的灰尘，看待所有人都是从利益与算计的角度，她开始自责反思起来。周锦龙似乎已经习惯了看到叶田田成长，就像看待自己的女儿，她天真单纯，又聪明伶俐，他看她长大，就像一只雏鸟羽翼渐丰，她总想飞得很高很高，又总是摔下来，然后再次起飞，他就一直在旁边。她还总怪他袖手旁观，怪他不管自己，怪他冷血，可要学会飞翔，只能靠自己。而周锦龙也并不想让叶田田一直停留在自己身边，实际上他想看到她高飞，飞到他再也看不见的地方也好，只要她成长，只要那一切都是她想要的。

叶田田望着周锦龙办公室的窗户，她突然明白了一切。她终于懂得了原来周锦龙一直都在帮助自己，彭冰和陈剑的项目其实是都无法过会的，可是周锦龙硬是拿下了一个，陈剑的项目窟窿实在太大，不然他也会拿这个项目的。在彭冰的收益做出来后，周锦龙又迅速加仓，在老板和其他朋友那里争取了两千万资金。在彭冰业绩做得不好的时候，他也没有和叶田田反馈很多，而是一个人扛了所有的压力，甚至被老板强制停仓终止合作，他也没有告诉叶田田，没有去讨任何说法。而彭冰就这样不管不顾地走了，对谁也没交代，甚至在叶田田出来指责他的时候破口大骂。世风日下，妖孽横行，彭冰已经堕落到面目全非。

难怪周锦龙看起来老了许多，头发也白了许多，这一切对他来说多么艰难，他陪伴自己的老板创业二十年，对老板绝对地服从和忠诚，就是因为想要帮自己，做了这么多出格的事情，而自己还不知感激，那一瞬间叶田田再也抑制不住情绪，大哭了起来。

面前突然递过来一张纸巾，一双温暖的手将自己拥入怀抱，是李乐宇，原来刚刚一直暗中跟着自己的是李乐宇，他什么都没说，只是默默地陪着叶田田站在那里，看着她越哭越凶。

悲伤的情绪宣泄完后，叶田田渐渐恢复了清醒：半年不到已经死了两个人了，叶田田感觉实在是太蹊跷了，彭冰死的时候，她没有感觉到古怪，可现在就有点太巧合了，冥冥中她觉得好像有双眼睛在盯着周围的这一切，有双手在操控着这一切，这种说不清的感受令她毛骨悚然。

彭冰死了，现在又多了个周锦龙，为什么最近死的这些人都是和自己有关系的人，那接下来呢？还会不会有人死亡？那个人会是谁？叶田田感到鼻腔中一阵酸楚，头皮一阵发麻，眼眶瞬间湿润，却流不出眼泪，她感到迷惑、惶恐、不安，未知的恐惧要将她逼疯，她用双手捂住嘴巴，环顾四周，天竟然黑下来了，她竟然未察觉，更大的恐惧袭来，她转身就跑，向家的方向。

三

1.

傍晚的时候，李乐宇开车前往佘山郊区的一栋别墅，车缓缓地停在了别墅前的草坪上，他从车里下来，草坪前的凉亭中，一个女人正一边品着香茗，一边朝他笑。

李乐宇走到茶座旁，在女人的对面坐了下来。"我早就说过，你们不要动叶田田，上周末是怎么回事？"

"我说一大早就气哼哼地给我打电话，原来还是你小女朋友那点事，上周末怎么啦。"

"她说有人跟踪她。"李乐宇拧紧了眉毛，"应该就是你们的人。"

"不可能！"女人放下茶杯斩钉截铁地说，"我没下命令，没有人敢这样做。"

李乐宇盯着女人的面部表情看了很久，缓缓开口道："那就更糟糕！"

女人给李乐宇倒了一杯茶："你别担心了，我会叫人去帮你查。"

"嗯，查得彻底一点，抓紧做这件事。"

"好，别担心了，你吃晚饭了吗？"

"不吃了，回去吃。"

"留在这里吃吧，我已经吩咐厨师烧了你最爱吃的菜，你都两个月没来看我了。"女人的眼神充满期待。

"好吧，不过吃完我要早点回去，明天一早的飞机。"

"明天一早，你现在就要带她走吗？"

"对，现在这里有些危险，我带她出去避一避。"

"也好。"

李乐宇带叶田田去了加州靠近洛杉矶的一片郊区，他早前在美国工作的时候就在这里购置了房产，还在自己曾经读书的学校里给她报了一个半年的语言课程。叶田田曾经考了5次托福和GMAT，可是分数都非常不理想，这也是她一直没有出国继续深造的原因。

"你的学习方法有问题，"李乐宇说，"基本功没打扎实所以分数才会上不去，你现在应该主要背单词，而不是做题，当然刷题也非常重要，可是不像你那样今天刷半篇，明天做一篇，高兴了做一通，不高兴全放弃。学英语和考试，要锻炼大脑的肌肉，只有集中强化，大脑才会长出肌肉，你这种懒散的态度就是无用功。"

一番话说得叶田田怪委屈的，李乐宇严肃起来的样子像个古板的教授。但是按照他给的建议去改进了自己的学习方法，果然很有效果，听力和阅读的正确率都提高了。叶田田上课，李乐宇就陪读，他烧得一手好菜，早晨给她做好便当，然后开车载她去上课后，他再回到自己的房子，或者去图书馆，再或者就陪叶田田旁听蹭其他教授的课。叶田田不喜欢写作业，李乐宇就代劳，与此同时，叶田田对李乐宇的了解也逐渐增加，得知他在大学时的专业是计算机科学，还是个顶级黑客，曾经亲自演示如何黑掉别人的电脑。

"坏人啊！"叶田田说，"你不会这样对我吧？"

"不会呀。"李乐宇笑嘻嘻地看着她说，"我会永远保护你。"

假期的时候他们就开车去公路旅行，国外的日子很孤独单调，因此两个人更加惺惺相惜。他们一起去了很多国家公园，叶田田不会开车，全程都是李乐宇在开，他们之间总有聊不完的话题，从金融到社会八卦到数学再到天文学，两个人都很聪明，也都很要强，周末的时候，他们经常为了研究一个数学问题而辩论一整天。

可是令叶田田感到折磨的是，她总是梦到辰天的那张脸，她也经常会做美丽的梦，梦里她看到了蔚蓝的海，她漂在竹筏上，辰天也坐在竹筏上，两个人一边笑着看海，一边在竹筏上种植物，美丽的海，充满生命力的植物，辰天好看的笑容，这一切都幸福得不真实，她激动得流出泪水，又在泪水中醒来。睁开眼，就是苍茫的黑暗，她没有拉窗帘，窗户外依稀看到远处的山，自己好像被瞬间抛入了与世隔绝的郊野，她咽了下口水，那一瞬间，她才意识到，辰天的那张脸已经根植于自己的记忆深处，她心里总觉得面前的李乐宇不是当初的那个乐。

有一次，她梦里又回到了每日凌晨起来看手机的日子，醒来竟然一身冷汗，那种每晚起来刷手机，心心念念期待爱人短信的日子让她感到痛苦，曾经甜如蜜的那段过往竟然成了她的一场噩梦，可当时她却浑然不知，身处地狱却以苦为乐。这世界上的人，有几个不是这样，明明遭受着地狱的烈火炙烤，却浑然不觉，在地狱中，你饱经诱惑，难以自持，最终丢失自我；你明知故犯，发了疯一般地执着，百转千回也求而不得。那一刻叶田田领悟到放过自己远远难于放过他人，你能得到别人的原谅，却很难走出自我的牢笼，人生的监狱，本质上都是思想的监狱，而灵魂就是这牢笼中的困兽。

"我们什么时候回家呀？"叶田田问李乐宇。

"才待两个月你就要回家了？"

"对啊，我觉得美国的饺子不太好吃，我想吃我妈包的。"

"你这人能有什么出息，"李乐宇瞪了她一眼，"你这课程半年呢，有你待的，安心学习准备考试吧。"

"哎，我好像不是学英语的料，怎么都学不明白呢？"

"你这话说得就好像你其他学科能学得很明白一样。"

"我的数学很好啊。"

"真的假的，那我考考你。"

"小学加减法什么的就算了。"

"放心，初中的。"

于是李乐宇找来了几道难解的数学题目，叶田田竟然真的做出来几道，速度还挺快，李乐宇便找来了更多的数学题目，于是接下来的日子里，无论是做饭上课还是出去旅游，他们都不停地讨论那几道数学问题，到最后，叶田田竟然尝试着证明起了黎曼猜想，连做梦都是关于四维空间与黎曼猜想间的关系，叶田田如痴如醉，觉得数学有种神秘的美感。

"可算是消停几天，"李乐宇在电话里笑着说，"现在开始沉迷数学了。"

"那就好，"电话另一头的女人说，"另外跟踪叶田田的人，我帮你查到了。"

2.

叶田田总觉得最近的李乐宇有些奇怪。

他好像丢失了很多回忆，比如他不记得她写给他的某些信，也不记得谈话的细枝末节，甚至连他的性格似乎也发生了改变，在没有见他之前，他在手机对面那样冷淡和冷血，而到了现实生活中却是热情而温和，成熟包容，前后总感觉像两个人。

因为那段时间她白天想的，夜里梦到的，都是辰天的那张脸，因此辰天的脸过于深入她的内心，直到现在她也总是想起辰天的脸，尽管两个人很像，可在叶田田眼里他们完全不一样，李乐宇的眉目更温和，而辰天长了一张冷峻的脸，她似乎觉得自己爱上了面前男人的灵魂，和辰天的脸。

可李乐宇对自己真是好得没话说，她总是想着别人的脸对自己的男朋友来说似乎有些不公平，于是叶田田努力地忘掉辰天的脸，可是越刻意就越是想起，她为这件事感到懊恼，直到最近沉浸于数学的世界，才让她忘记了周遭的许多困扰。

可有一天她突然刷到了一篇报道，标题是：《初创十八个月就融到了十八个亿，这位哈佛的高才生是怎样办到的？》内容是：由陈剑于2019年创办的×智科技，已完成二十亿人民币天使轮融资。其芯片产品可广泛应用于智慧城市、数据中心、大数据分析、自动驾驶等领域。成立不足三年，×智科技已完成多轮融资，总融资额近五十亿元。

"真是顺利啊！"叶田田心里感慨，这种行情下，许多的机构因为拿不到投资而枯竭了，陈剑的半导体盘子却富得流油。

"你有没有后悔从陈老板那里提前离开了？"李乐宇问叶田田。

"为啥后悔？"

"就有种卸磨杀驴的感觉。"

"不会。"

"为什么？"

"因为老板才是那头驴。"叶田田说。

"你是说陈剑才是那个拉磨的？"

"对啊，本来我也没干啥，资料不是我做的，天天混吃等死，就带了几个朋友过去，我凭啥赚后面的收益。"

"那你为什么不多学些专业技能呢？这样好的平台。"

叶田田思考了一会儿说道："不是我不想学，实在是陈剑做的那摊子事情，我非常不喜欢，他训练我们的专业性，没错，可他也总是带女孩子去公关客户，什么会所KTV的，我只去过一次，然后待了大概半个小时，就提前离场了。"

"哎，你这样不配合，你老板养你一年已经很不错了。"

可一个周末李乐宇突然风尘仆仆地从外面走进屋里，直奔着坐在沙发上的叶田田。

"怎么了？"叶田田惊讶地咽了下刚喝到嘴里的水，她很少看到李乐宇这样焦急。

"有个消息你要做好心理准备。"

"啊？"

李乐宇充满忧郁的眼睛盯着叶田田："陈剑。"

"他来美国了？"

"没，他出事了。"

李乐宇给叶田田看手机，是一辆车出重大车祸的新闻，可是重点就在于，车上的人都是重要的人物，一个是某企高管董某，另一个是某基金老总陈某。

"你确定是他吗？"叶田田感到难以置信，"会不会是认错人了？"

"我已经叫人查过了，确实是陈剑和董玉岭。"

叶田田又用自己的手机去搜索，果然到处充斥着："半导体投资基金老板惊天骗局！"铺天盖地到处是有关×智科技芯片造假的新闻，公司贿赂官员，员工学术造假，所谓的芯片并没有生产出来，而是国外高价进口重新包装。论坛里一堆评论：有人说陈剑死得活该；有人说一看就是阴谋，死因一定没那么简单；还有人说陈剑包养了许多情妇，养在古北和西郊的别墅里。叶田田感到一阵脊背发凉，这别墅不是曾经陈剑邀约自己去住的那套吗？怎么都……她不敢继续往下想，这一系列的事故，是不是和自己有关。

"你不要想太多。"李乐宇似乎看穿了她的心事，"你还没有重要到那种程度，这种人出事是早晚的事，人在江湖飘，不走正路走歪路，说不定哪天动了谁的利益，怎么死的都不知道。"

"我们做一个大胆的假设，我是说假设，所以当初周锦龙是因为投资陈剑，才惹来杀身之祸？"叶田田问。

"说不准就是他们几个相互残杀，还好你没有搅进去。"

叶田田为自己及时出国，早早地抽身而感到幸运。可怜这帮人诡计多端，算来算去，八百个心眼儿，最终却一个赢家都没有。从古至今都是如此，曹操刘备孙权，就算最后的赢家司马懿，也是在死后，儿孙统治不过几代，即便是秦始皇，在整个历史长河里，也不过是昙花一现，只是相对耀眼罢了，所以人们拼死角逐的顶峰到底是个啥？叶田田想不明白。

"那周锦龙的亏损到底和我有没有关系？"叶田田问。

"说有也有，周锦龙不投这个项目是因为你。"李乐宇说。

"因为我？"

"难道你看不出来吗？长久以来，周锦龙都是在利诱你。"

"你在说什么？"

"你怎么还这么天真，这一切你就没有看明白吗？他胆小怕事，有贼心没贼胆，只能暗戳戳使坏，还总当别人是傻子。"

"还说这些干吗呢？他最后不是也亏钱了。"

"那是因为他遇到了彭冰，恶人自有恶人磨。"

"所以说，你以为我就傻吗？我是懒得往身上弄脏水，周锦龙那一套我就当听不懂。他在上海混到那个地位，脏东西肯定不少，可我一穷二白，他非要给我安个罪名，大概就是缺心眼儿，这有什么不好呢。"

"这些年真是辛苦你了。"

叶田田很认真地说："你知道唐伯虎装疯卖傻避祸的故事吗？装傻只是一种手段。"

"看来你还没有傻到无可救药。"李乐宇摸了摸她的头。

叶田田看着李乐宇，她多么感谢他的及时出现。李乐宇是个完美的爱人。似乎他的出现就只是为了爱她，叶田田常常觉得，这段爱情甜蜜得不真实。早知道谈恋爱这么好，我就不单身那么久了；早知道在一起这么幸福，我就早点飞去温哥华找他了。叶田田心里想。女人要的不是荣华富贵本身，而是一个温暖的窝和满眼未来的他。她想起在遇到乐以前所遭遇的那些人，如果都是为了遇到这一个完美缘分所必经的苦难之地，那么她是愿意的。

似乎男人在对待爱情上总是深沉压抑许多。我们总觉得一个女人在面对爱情的时候会腼腆害羞，实际上男人更是这样。李乐宇经常娇羞得像个小姑娘，他还经常担心叶田田离开他。叶田田不知道他怎么这么多疑，她在他脑海中看到的那些怀疑，她自己从来都没有想过，她虽然异性缘很好，可她心里爱情和友谊泾渭分明，对待感情也非常专一，但是李乐宇还是患得患失。他们早该举办婚礼，可是这几年叶田田一直都在专注于自己的事情，转眼就到了三十三岁。她好像并不着急结婚，觉得过早结婚是对自己青春的浪费。

李乐宇也跟叶田田说过一起回温哥华，她和他有着心底的一致和彼此认同，李乐宇好像很懂叶田田，情商高到叶田田在这段感情里怎么相处都很舒服，他甚至帮叶田田解决各种工作上生活上的小问题。叶田田成长进步了不少，可是叶田田还是想念家人，想念上海的朋友。有的时候半夜醒来，叶田田看着身边熟睡的他，经常感到好奇，他是怎么稀里糊涂地漂到自己身边来的，像一团温暖柔软的云守护着自己。壁炉里燃着暖烘烘的火焰，外面下雨了，屋里静谧又温暖，看到眼前的一切，又想起乐为她做的一切，她就感动得要哭，于是开始埋在被子里哭。

"你怎么哭啦。"哭声惊醒了熟睡的人。

"你是不会离开我的吧？"

李乐宇把她搂在怀里，没有说话，他们俩都沉默了好久。"咱们回国结婚吧。"

"啊？"

"我觉得还是回国好一些，你的课程已经上完了，而且，你父母一定想亲眼看到你结婚。"

就这样，叶田田为期半年多的语言课程结束了，她和李乐宇开车去游玩了几个地方，把北美几乎所有的国家公园都逛了一遍，就买了回程的票。

3.

飞机在上空盘旋，向下望是一片苍茫神秘的黑暗，像黑色的巨大碗底上镶嵌了密密麻麻的碎钻。叶田田按着胸口，勉强压下激动和喜悦，她闭上眼睛，美国的一切在脑海中越来越远了，那些曾经消失在记忆的云层的脸渐渐浮现，嗅到上海熟悉的空气味道，叶田田激动得想哭。

人经常是这样，身处某段经历的时候痛不欲生，以为眼前便是末日。可事后，再大的波折，看起来也只不过是人生重峦叠嶂中的一个小山包。回顾往昔，当你看到有无数个或大或小的山顶时，就已经站在更高的山巅了，此时对过往的幼稚和沉浸，便能眼中带泪地嫣然一笑，感慨那个曾经迷失在一段经历中的自己，所谓人生，不过是由无数段这样的成长过程交织而成的。

叶田田回国后见的第一个人就是Eva，半年不见，她已经再婚，老公是个国企上市公司董事长，叶田田看着端坐在花园餐厅里闪闪夺目的她，她比两年前刚介绍自己去陈剑公司的时候更加地贵气和自信，浑身上下都带有雍容华贵的姿态。更美了，甚至更加年轻，白皙的皮肤如婴儿一般细嫩，身材瘦而不柴，眼中还时常闪烁着少女般的光芒，只是这温柔的眼光下，那种不近人情的冷漠越来越重了，叶田田再次见到那双眼睛，发现它们比以前更加楚楚动人，也更加近乎无情冷血了。

"你知道吗？"Eva用那双饱含柔情又冷血无情略带嘲讽的眼睛注视着叶田田说，"陶昕然现在和朱放在一起了。"

"刚刚知道，"叶田田既感到意外，又觉得在情理之中，"那恭喜他俩了，各取所需，十分合适，你和她最近还有联系吗？"

"比较少了，那女人活得很惨。"

"很惨？"

"她前男友把她甩了，还用她的名义注册了一堆金融公司，然后跑路了。那些资方哪里肯放过他，但是又找不到人，所以就找到了陶昕然。陶昕然也没见过这阵仗，连忙撇清关系，可是债主还是不放过她，追到她家门口。陶昕然那时怀着孕，因为忍受不了这种压力而服药自杀，被闯进室内的债主发现，救了一条命，从那以后债主也不去找她了，孩子也流产了，啧啧。"Eva撇了撇嘴直摇头，眼神呈现出一股悲悯却带有些许得意的同情，"好可怜哦！"

叶田田丝毫感受不到她的同情，反倒觉得这同情底下全部是暗戳戳的嘲讽，她心疼陶昕然有这样的遭遇，那个要强要面子的女孩子，没有真正在事业上历练过，打从毕业开始就受尽了男人的好，不知真正的男性世界是同样有着算计和权衡的，此时经历了这番遭遇怕不是要被扒层皮，她感到自己的眼眶有些湿润。

看着眼前云淡风轻喝着下午茶的Eva，叶田田越发感到她不一般。陈剑的死很蹊跷，叶田田总觉得不是普通的车祸这么简单，并且不知为何，她有种预感，陈剑的死和Eva有关系。面前的Eva看起来有些悲伤，可是情绪又极其淡定，那哀伤的情绪就像布丁上的一层薄薄的焦糖，敷衍而一击即碎。甚至，莫名其妙地，叶田田竟然觉得Eva有些开心和得意，她似乎巴不得周围的人只她一个好。

这些年，叶田田潜移默化地也被Eva影响了不少。自己的恋爱脑已经完全不在，如果现在让叶田田去为一个男人寻死觅活，她再也没有那个心了，并且叶田田比三年前的自己更加笃定，她知道自己想要什么后，可以全然不在乎周围人的看法评价。

"你结婚，姐姐我有大礼送给你。"Eva带着一抹神秘的笑容，就好像在欣赏自己的杰作一般说道，"八年前我刚认识你的时候，就非常喜欢你，那时候你就像一匹小狼，对这个世界充满欲望和野心，而现在我们的小狼长大了。"

这话听得叶田田心里很不是滋味，自己什么时候是一匹野狼了。她看着Eva的笑容，这个女人此刻仿佛已经站在世界之巅了，所有人都是她手中的棋子，会不会自己也是她手里的棋子，她又要用自己做什么呢？但是不管怎样，已经到这里了，这棋局无论如何也要走下去。

"相信我，宁可自己成为一匹狼，不要将幸福和生命交给一匹狼。"Eva看着满脸不悦的叶田田说道，"不要做宠物，也不要做猎物。"

傍晚的时候，李乐宇又将车停到了别墅前。

"你今天见叶田田了。"

"是你的小女朋友主动来探望我的。"女人一边吸着烟一边眼含笑意地说，"来，让我看看，美国这半年晒黑了啊。"

"妈，你不会跟田田一般见识的吧？"

"嗐，我怎么会呢？哪个婆婆不希望儿子儿媳好呢？况且你又这么爱她。"

"那就好，你的复仇计划我不会阻挠，但不要把田田搅进来。"

"说什么呢？什么复仇计划？没有的事。"

"我知道你想什么，你不用瞒我，几年前你回国目的就是惩罚他。"

"别说了，儿子，"Eva打断他，"吃完饭早点回去吧。"

李乐宇低着头，一副欲言又止的样子。

"妈，我最近见到他了，他老了，也更憔悴了。"

Eva看着李乐宇的眼神也变得严肃深远了起来，她静止了好一会儿才说："你们俩早晚是要见面的，早点做好心理建设也好。"

"可是我还是恨他，就是他害得我们这些年东躲西藏。"

"不要这样想，要是没有他就没有今天如此强大优秀的你，妈妈一直以你为骄傲。"

吃过晚饭，李乐宇驱车回家，回忆渐渐涌向脑海，一直以来他给叶田田讲的小男孩的故事，主人公就是他自己，那个一直遭受到死亡威胁的男孩子，如今终于长大了，在逃亡的这些年他始终隐姓埋名，但庆幸的是，他交了一个真正的朋友，这个人就是乔悠，乔悠是一名警察，一直以来负责调查他的案件。尽管结果还没有水落石出，可是乔悠在各方面都给了自己足够多的支持，只是最近，李乐宇十分担心，是不是自己仇家的火蔓延到了叶田田这里，导致接二连三地有人死亡，最近他压力很大，似乎那个真正控制一切的人就在眼前，可怎么都摸不着，这种未知的恐惧叫他心慌。

4.

第二天，李乐宇载叶田田去探望陶昕然。

车刚一在朱放的别墅门前停下，叶田田就立马打开车门，径直朝别墅的门前走去，开始狂按门铃。李乐宇赶紧从车上下来阻拦叶田田，她那股气势就像要去杀人。

没过几秒，门就被打开了，叶田田看着开门的人愣住了。

是陶昕然，许久不见，她脸上多了一丝沧桑，有点衰老的痕迹，可是却看起来更加成熟有韵味，大美女就是大美女，更令叶田田感到惊讶的是，她的肚子看起来有七个月了。

"田田，你回来了！"陶昕然眼中闪烁出孩子般的欢乐，叶田田上前轻轻给了她一个拥抱。

"你越来越美了，昕然。"

"你才越来越美了，快进来坐吧。"

"不，我就是来看看你，要不咱们出去一起吃个饭？"叶田田发出邀请。

陶昕然看看叶田田又看看李乐宇："进来坐吧，朱放不在。"

"我就不进去了，"李乐宇说，"你们姐妹俩好好聊吧。"

"来都来了，一起进来坐吧。"叶田田说。

于是两人便跟着陶昕然来到了客厅，坐在朱放家柔软的真皮沙发上。陶昕然亲自泡茶给两个人喝。茶杯递给李乐宇的时候，他很客气小心翼翼地赶紧接过来说谢谢。

"这男朋友被你调教得很乖嘛。"陶昕然打趣道。

叶田田看着偌大个屋子，也没个用人，想到这就是朱放的作风，他从来都在这些小钱上计较得很。

"朱放对你还好吧？"叶田田问。

"我说了你可能不信，"陶昕然脸上带着俏皮和可爱。似乎经历了那一遭事情，她不但没有变得更颓丧，反倒焕发了更加年轻的生命活力，"他现在可真是长进了，成了居家好男人了，对我真的非常好，他真的和以前有很大的不同。"

"那就好，他要是欺负你，你就来找我。"叶田田拉着她的手说。

"说什么呢？田田，朱放他救了我，你应该都听说我的事了吧？"陶昕然棕色的眼珠在眼眶里打转，在确认叶田田是否知道了自己所发生的事，"自打出了那件事，都是朱放一直在保护我，那天他第一个来到医院看我，看病的钱都是他出的，把我转到了豪华病房，这样孩子才能够保下来。"

"所以这孩子，是……？"

"没错，这孩子是我前男友的，但是朱总说会当成自己的孩子一样来照顾，他叫我生下来，说以后我们还会有自己的孩子。他曾经有两个小孩，但是他没有教好，从未体会过当父亲的快乐，现在他和我在一起，永远不会再找别人，我们会有许多自己的孩子。我真的无法想象，如果没有他，我接下来的日子要怎样过，所以田田，他是我的大恩人啊，你也是，感谢你介绍了我们认识，要不是你的那场路演，估计也没有我和朱总的缘分。"

叶田田经常想不明白，为什么自己的善意提醒会被对方误解。刚介绍陶昕然和朱放认识的时候，她就提醒过陶昕然，朱放不是什么好东西，可是陶昕然反倒来了兴趣，好像多征服一个坏蛋，就能升级她的女神身份一样，她把这看作一种挑战。叶田田再说多了，就好像拦了她的财路。

"我现在怀孕了，朱放就每个月给我五万块。"

叶田田看着陶昕然，不知是该为她感到高兴还是悲哀，这个条件比跟着她之前的男朋友好多了，这个条件也比朱放给之前的女朋友的好多了。这个条件朱放也曾经跟自己提起过，这个条件买一段青春和一个孩子，值得吗？

他已经六十岁了，之前的两个孩子不和他联系了，这是他人生最大的败笔，年近古稀无一子，也是一直以来让他耿耿于怀的心病，可生下了这个孩子，就能够扭转一切吗？男人无德，女人无操守，全家都向钱看齐，只有生没有教，上梁又不正，只会生下一代代的丢失德行的后代。

叶田田看着眼前的陶昕然，知道怎么讲，她都不会听，陶昕然只会觉得自己嫉妒她，认为自己得不到这一切而来搅扰她的幸福。

叶田田听着这些，感到一阵心酸，过去那个骄傲的陶昕然死了，剩下的这个是个相信爱情、充满笃定、眼含未来的少女，她竟然越活越天真了！以前她是长满了艳丽花朵的无根之木，现在她的枝叶逐渐变得朴实，也开始想要生根。

"亲爱的，"叶田田几乎红着眼眶说，"我真替你高兴。"

回来的路上，叶田田一边望着窗外一边流泪。

李乐宇默默地缓缓地开着车："至于吗？你哭成这样。"

"你不理解我心里的痛。"

"你痛啥？陶昕然跟你非亲非故的。"

"你不懂，我这是一种作为女性的痛，我痛恨那些懦弱、无知、没有格局的男人。"

李乐宇不说话，眼睛盯着路前方，叶田田继续说——

"尽管社会上的大多数都会抨击陶昕然这样拜金且不独立的女性，可是我始终觉得她们才是受害者，男人的贪婪、狡诈、背信弃义在这些女性群体身上得以施展，她们只是载体，是罪恶的承担者，但没有人降罪于始作俑者，因为庸庸大众只会欺软怕硬，朱放这种人，男人崇拜，女人觊觎，为了他那财富与地位，相互厮杀，因此他们痛恨陶昕然，可我觉得她才是真正的弱者，可怜人。"

"你不要去瞎操心，她有她的命，你管好自己就可以了，天天替这个悲伤，替那个不平，什么时候是个头。"

叶田田又哭了一会儿，让伤感的情绪宣泄完毕。时间、经历、伤痛、希望，这些都可以改变一个人，可以杀死一个人灵魂深处的种种特性，陶昕然已经不再是陶昕然了，但叶田田对这个遭受了苦难，仍然选择热爱生活和有勇气重新开始的女生感到敬佩。

"乔警官要我们去一趟。"李乐宇说。

"嗯？案情有进展了？"

"没说那么多，我们顺道过去一下吧，然后回你家吃饭。"

"好。"

两人到了公安局后进门直接看到乔悠坐在大厅的沙发上等他们，见俩人到了，随便招呼两句便进了隔壁审讯室。

"你们认识一个叫辰天的男人吗？"乔悠拿着一张照片问俩人。

叶田田看着那张照片，又看了看坐在身旁的李乐宇，回答道："也算不上认识，但我知道这个人。"

"这个人可能和彭冰、周锦龙、陈剑、董玉岭四人的死亡有关，"乔悠说，"并且在你家里安装监控的人，我们怀疑也是他。"

叶田田有些听蒙了，旁边的李乐宇却看起来很淡定。

乔悠望着李乐宇，又看了看照片上的辰天，说："你们两个怎么会长得如此相像？"

"我也很好奇，"李乐宇看着照片说，"辰天就好像另一个我。"

"这个人目前已经失踪了。"乔悠的眼睛一直盯着李乐宇，尽管相像，他还是看得出眼前男孩和辰天的区别，两个人的五官有些不同，另外就是眉宇间的神态，李乐宇要更加明朗阳光一些。而辰天的整个面部都有些阴鸷。

"乔警官,"叶田田开口说道,"我想了解下,这半年您这边都查出了什么?辰天这……这个人是很危险的存在吗?"

乔悠看着叶田田的眼睛缓慢地说道:"暂时还不能和你透露太多,但是你家人是安全的,毕竟离公安局这么近,而且我们这区的警力主要集中在这附近,所以你不要太担心,这件事情我们还会继续调查,你们先回去吧,有情况我们会随时叫你们过来。"

两个人离开后,乔悠离开座位到门口抽了根烟,自己跟踪这起案件已经三年了,辰天在一年前就失去了踪影。他看着手机上的两张照片,一张是辰天,另一张是李乐宇——这个男孩的背景,可以说是相当神秘。由于多年来在国外生活的缘故,国内根本没有他过往的档案,但是也没有任何证据证明李乐宇这个人和四个人的死亡有关。可这张白纸过于苍白了不是吗?哪有人的背景会如此干净呢。

在乔悠的内心,有一个自己推演出的故事版本,可是现在缺少足够的证据,接下来只能先找到辰天这个人,才可能有真正的突破。

从公安局离开后,叶田田感到浑身有些瘫软,她很想搞清楚这一切,是什么样的缘分让那个叫辰天的人总是出现在自己的生活里,为什么自己这几年总是摆脱不了他。

她看着李乐宇,他眼帘低垂望着向前走,有一瞬间一个声音在她心中升起:"会不会乐他什么都知道?"她看着李乐宇,越看越觉得他陌生,她甚至觉得他就是辰天,如果李乐宇和辰天真的是一个人，那这一切该多么地恐怖，叶田田不敢再去想。

可很快这种恐怖的想法就被打消了，原因是她和李乐宇的婚礼开始筹备了，忙于准备各种事项使得叶田田将这件事抛诸脑后，并且叶田田有些不介意整件事情的结果了，在美国相处的半年，使她已经从心底开始接受自己的未婚夫。李乐宇，他就像一座行走的高山，那样充满忧郁地坚定，又在自己最艰难的时候毫不犹豫地选择自己，这样的人，即便他有所隐瞒，叶田田也爱上他了。

但凡是真诚的东西，在这世间都难能可贵，更何况是这世间少有的爱情。这些年叶田田见到了太多的爱情交易，太多的阴谋论和情感绑架，这一摊淤泥，她始终不肯沦陷其中，而如今爱情和生活都盛开出了灿烂洁白的花，她要好好守护这一切。

一个人的强大太重要了，叶田田心里想，只有足够强大，无论是在精神、物质，还是地位上，你才能守护你所热爱的一切。你的父母、身边的朋友，以及爱人。她决定要好好配合警方的调查，不再躲躲闪闪，如果这一切的阴谋真的是冲着自己来的，那么自己就站出来勇敢面对，捍卫自己的生活。

她又想到了陶昕然的那个充满希望的眼神，良禽择木而栖，也许每个人都应该选择适合自己的朋友和工作环境，今后自己重新踏入职场，再次选择老板，也一定会选择自己喜欢的行业以及认同的老板，而不会再为那些只懂投机的老桃子们服务。

幸运的是，叶田田去洛杉矶前的那家医疗器械公司仍然欢迎她的归来，叶田田从这里离职后，很快有一个新人顶替，可是由于新人业务不熟，并且这个岗位的人才非常难寻，既要专业知识，又要有随机应变的综合事务能力，因此叶田田回国后，又被召回这家医疗器械公司做IR。

"我更欣赏你的正直，"这是创始人马博士的原话，"我们的公司不需要任何特殊手段来融资，我相信我们的产品和项目，只要兢兢业业地研发，不断攻克难题，上市是迟早的事情。"

叶田田为能有这样正气和刻苦的老板而感到骄傲，她决定今后的人生都为这家公司效力，自己终于成了有根之木，找到了终生为之奋斗的目标。

辰天默默地点了一根烟，他是个烟鬼，烟不离手。很多年前他爱上了一个女孩，女孩叫陶陶，全名陶昕然，那是辰天的初恋。那时候她十六岁，而他十九岁，情窦初开，爱情单纯又浓烈，可是两个人的性格极其相似，都是火暴脾气，一言不合，辰天就冷暴力，陶陶就扇人巴掌，两个人都非常倔强不服输，因此一旦吵架，一个选择不说话，另一个也不哄，就总是冷战。有一天陶陶突然提出分手，从此便消失在了辰天的世界外，这对辰天来说打击非常大，他对待感情还是比较一根筋的，从此以后他便陷入了深深的抑郁中。

他在社交软件上邂逅了叶田田，发现她的坦荡直白和陶昕然有些相似，而且叶田田十分有才华，外表看起来很清纯，像邻家女孩，三点综合在一起，他对叶田田瞬间产生了好感。

他一开始也没有打算骗她，可是后来发现叶田田很优秀，他突然觉得自己学历太低，怕叶田田瞧不起自己，因此他编造了英国留学硕士、从小在国外长大的经历，每次和叶田田语音他都要刻意把自己的语音调整成港台腔，每次在朋友圈发照片，他都要刻意挑拣那些看起来像在国外的、邻家大男孩的形象。后来又伪造银行卡、旅游、别墅、车子的照片。

和叶田田网恋后，他也感受到了自己的变化：他似乎更爱看书了，开始想着能有什么正儿八经的赚钱路线，也开始思考自己所处的社交圈是否够优质。他突然开始悔恨起来，为什么自己放弃了学业，为什么自己没有在大城市打拼一番事业，因为爱情，即便叶田田是那样普通，他还是感觉低她一等，在她面前总是感到卑微。即使这样，他也在心里默默地承认，这是他和远方姑娘的爱情，他从未和叶田田说爱，可心里的火早已熊熊燃烧，他从未诉说的，就是他真正想表达的。只是梦总有醒来的一天。

当叶田田开始说自己爱上别人，他没有回复，他知道这样的日子总会到来，他和叶田田是不可能有结局的，即便见了面，他也不确定叶是否能够接受自己，即便叶接受了自己，她会愿意和自己来县城生活吗？

睿睿的出现，为辰天的生活和事业都注入了能量。她不仅人美，性格还很温柔顺从，对辰天从身体到心理地服从。他有一种复仇、将叶田田玩弄于股掌的快感。因此当叶田田发现他的谎言之后，他更加频繁、露骨、大胆地在快手上发视频。照片里凌厉的眼神，带着快意和复仇般的凶狠，是给谁看的？陶陶和叶田田，曾经的伤害，他全部都记得，而此刻他只想复仇，只想报复，只想让曾经在自己心上划过伤痕的人心里也都有一道疤。

可是叶田田竟然速战速决地闹了几天后，就悄无声息了，就像从未出现过，没了，网络上找不到她，微信就更没有，他感觉好像踩空了。

叶田田消失后，他又慌神了一段时间。

思念悄无声息爬上心头，在夜里深深地张狂。他爱上那种感觉，叶田田的信让他有种说不出的感觉，他确实形容不出，大抵就是好像被一个人狠狠地重视，那样近的距离，仿佛空气中都是她。尽管他们相隔有很远，他觉得他必须爱叶田田，她夺走了他的某部分东西，他还没有找回。曾经他的世界和太宰治的一样黑暗。可是叶田田的出现改变了这一切，他终于可以放下陶昕然，开始专注于另一个女孩的世界，她为他带来文学的美，她的每一封信充斥着对生活热烈的真挚，他不得不去看。

可他仍然害怕去上海见叶田田，如果叶田田知道真实的自己还会爱自己吗？如果她知道自己没去过国外，也没有什么英国留学读硕士的经历，这一切的一切不过是他编造的，不过有一点，关于军火生意，这个确实是真的。

他从未见过亲生父亲，打他记事以来便只知道继父是一个非法军火贩子，常年在国外走私军火，而他自己则和母亲在国内生活，继父对他很好，可是也只是时不时地出现。在辰天九岁的时候，继父终于自食恶果，在一场火拼中丧命，从那以后辰天和母亲的生活质量急转直下，母亲靠着微薄的打工收入供养辰天长大，母亲虽然极其强势，但也极其爱辰天，所以辰天有很严重的恋母情结。

这导致在母亲死后，辰天极力地寻找另一个"母亲"，叶田田是他心里的"母亲"，而睿睿是他生活中的"母亲"。可在他看来，他善良的陪伴只换来了叶田田的憎恨。可他更害怕面对叶田田，在她面前，他觉得自己那样羸弱。他也渴望在上海、在金融圈、在全世界走，叶田田的灵魂好像另一个他自己。

睿睿满足了所有好女友的条件，她温柔，从不多问，因为爱自己而包容了一切，包括叶田田和陶陶。他们两个就像很默契的搭档、很匹配的合伙人。因此他大肆利用情侣形象在网络上炒作，从一百万粉丝涨到一千万，服装生意越来越大。他的钱越赚越多，但他并不是个花心的人，他寻寻觅觅，只是为了寻找真爱的感觉，这感觉在叶田田那里最强烈。

与叶田田断联一年后，他以为自己已经完全投入新生活，将叶田田彻底忘记了，可是有一天他在网络上无意中看到了叶田田，她头发变长了，显得更妩媚动人，他差点没有认出来，一瞬间所有回忆涌现，他想起了那些日日夜夜，他和她彻夜畅谈，深入彼此的灵魂，她就好像世间的另一个自己，下一个瞬间，泪水便涌上了眼眶，他放大了照片，仔细反复地确认，是她，连名字都没有变。从那天起，思念便开始疯狂涌上心头，他思念叶田田，就像一万只老鼠在内心撕咬般地焦灼。

后来他来过几次上海，也找到过她，可只敢远远看着她的背影，他躲在远处偷偷地哭。他把所有对她幻想的爱情加诸现任身上，他和她拍各种各样的视频，把现任打扮成叶田田照片中的风格，配上相应的文字，就好像在和叶田田谈恋爱，就好像叶田田在自己的身边。这场盛大的暗恋始终无果，即便他的手机里，都是叶田田的照片，和她发给自己的唯一一段视频。他反复地看。有一次喝多了，不小心被睿睿看到，她吵着要分手。他经受不起分手，他懦弱的灵魂一定要有个人的陪伴，来表明自己不孤独。

他好像中了毒，耳边总是响起叶田田娇滴滴的"少年"的声音，看到诗词歌赋想起她，看到有道理的句子想起她，看到爱笑的女孩子想起她，他从未见过她，可她在他的心里植入了自己的影子，深深地扎根，回忆在夜里张狂。

所以也不知从什么时候开始，他发现摆脱了陶昕然，也不那么爱睿睿，他的冲动逐渐地，一点一点，到了叶田田这里，他想去看她，想换个微信号加她，想听听她的声音，看到她的文字，他想念她的影子，因此觉得自己的言行举止都越来越像叶田田。

爱上一个妖精，他觉得自己半条命都搭了进去，可是当他恢复过来，就又想去爱她。他再也无法佯装爱睿睿，并且感受到事业很无聊，人生寻不到存在的沉淀，很虚浮，他又开始有了嚣张的变态想法。

就在跟踪叶田田的时候，他发现叶田田身边竟然又出现了一个人，他真的叫李乐宇，不仅身世背景，和自己编造的大致一样，就连样貌都几乎和自己一样。

"那个人是个骗子。"他在心里暗自想，牙恨得痒痒的。

这件事没有那么简单了。而且两人竟然也爱上了同一个女孩，他看着李乐宇过着自己想要的生活，恨意从心底生发，因此他注销了一切账号，与睿睿断绝了联系，一个人来到了上海，开始暗中调查跟踪李乐宇和叶田田。

四

1.

叶田田再次见到朱放，他变得非常苍老，就像被吹到膨胀很久后又干瘪下去的气球，一下释放了所有的能量，褶皱颓废且面部苍老，眼神呆滞，不似曾经那样还有生气和欲望，并且整张脸部显得发黑，那种黑不是由日照而晒出的黑，而是丧失了生命活力后由内而外透露出来的黑。

"回来怎么也不通知我一声，"朱放说，"要不是特意约你，是不是就不打算见我了？"

"哪有，不是给您和昕然送去了婚礼请柬？早晚是见，不知道您今天单独找我来是有什么事？"

"你这半年过得好吗？"朱放问。

叶田田看着他的眼睛没有说话，当朱放这样一个男人问你过得好不好，这里面到底有多少成分是希望你过得不好？

"还需要我的帮助吗？"朱放补充了一句。

叶田田没看他，也没回答他。朱放点的一堆食物已经上了桌，他快乐地在那里大快朵颐。

"你的饭量好小啊。"看着叶田田没怎么动的牛排，朱放说，"我上个月去辟谷了，现在能吃下一头牛。"

"您的胃口可真好。"那块五分熟牛排已经被朱放三口两口吞掉了。此刻朱放极其放松，飞速地吃掉了牛排、沙拉、帕尔玛火腿、一盘金黄的烤南瓜，还有两道甜品（把叶田田那份也吃了）。

"人生在世就是要及时行乐。"他一边嚼着最后一块肉排一边看着叶田田说，"你们女生就老是减肥，这也不吃那也不吃。"

"人跟人的乐趣不一样，我没觉得吃饭有多少乐趣。"

"哦？那你觉得什么有乐趣？"

"我觉得帮痛苦的人走出困境最有乐趣。"

"我总觉得人应该先活得好了，再思考帮助别人。"

"可你也没帮助别人，反而在祸害别人。"

"你总是说这些难听的话，又总是很直接，你总觉得我渣，实际上我哪里渣，我祸害谁了？我这种男人，才是好男人，出钱出力出身体，教会女孩做自己。"

叶田田惊讶的不是朱放的歪理邪说，而是朱放的满眼都是笃定和相信，对自己的理论深信不疑，那一刻她觉得他应该是有精神病。朱放这种人可以爱上在他们周围出现的所有女人，因为或多或少地，你总有一个点打动他们，一点星火加一条引线就能燃起爱情的火焰。许多女人以获得男人的爱为成就，可是对于朱放这种男人来说，爱是不值一提的廉价货币，对于在社会的战场上披荆斩棘、满身伤痛的男人，女人对他们感情上的伤害皮不痛肉不痒。

"教会后又把女孩踢出局。"叶田田说。

朱放低下眼帘，苦笑了一下："我都是在帮助别人，你去问问你的小姐妹陶昕然，难道她不感激我？是我在她走投无路的时候救了她，要不是我，她早就死在路边了。"

　　老桃子还是原来那样，以其昏昏使人昏昏。他对待情人的思路和投资逻辑一样，要能够帮他赚钱，还要全心全意爱他，他要你的身体和灵魂完完全全屈从于他，他总是从美女里挑选有价值且最利于他的，榨干青春和价值后踢出局。

　　叶田田看着朱放说："还好你没有女儿。"

　　听到这句，朱放动容了一下，看向叶田田的眼神变得慈悲了起来："实际上我有过两个儿子。"

　　"很少听你说起他们。"

　　"他们很小的时候就离开我了，"朱放望向远方，眼神带有苍茫的憧憬，"这些年我也一直没有见到他们。"

　　这是叶田田第一次觉得朱放有些可怜，她看着他鬓边的几丝白发，意识到他毕竟是老人了。

　　"你没有去找过他们吗？"

　　"嗯，这很难。"

　　叶田田不知道为什么难，可她也不打算再追问下去，而是转移了话题："所以你会对陶昕然的孩子视如己出的吧？"

　　"会！我现在渴望有一个小孩，我会很好地培养他，教育他成才，而不是像我……"

　　看到朱放的欲言又止，叶田田知道他心里有不能对外人说的苦楚，她想象朱放的人生，曾经一个青年高中没毕业，在二十啷当岁的时候，求学无路，打工不甘，拼了命杀进股市，这一路所见的人情冷暖，所遭受的打压，所面临的"高等人"的排挤……从什么时候，又是因为什么，他发誓要变成有钱人，发誓不再受屈辱，发誓要用女人的爱来弥补自己曾经无人问津的破碎伤口，甘愿抛弃所有亲情，被欲望的恶魔俘虏，又是怎样将灵魂的堕落和肉体的放纵共同注进生命的。

"其实我一直以来都有个问题想问你。"

朱放努了努嘴示意她说下去。

"如果让你回到三十岁，你最想对那个时候的自己说什么呢？"

这个问题让朱放迟疑了许久，他坐在那里，久久才开口道："亲情，亲人，我不会再让他们离开。"

叶田田也不知道他说的他们是谁，但从表情上来看，她知道朱放没有骗自己。

"今天找你来是有件事情要问你，你的男朋友，那个叫李乐宇的男孩子，他……"

"他怎么了？"

"没，我想了解了解他。"

"不用了吧。"叶田田低头用叉子戳那份沙拉，"不劳您操心。"

"他是在国外长大的，家里是做什么的？"

"我没问过。"叶田田随口说了句。

"那他母亲呢，她来参加你们婚礼吗？"

"他母亲很早就去世了。"

朱放的眼神中呈现出动容的表情："我打算去国外读个博

士，可不可以找你的男朋友给咨询下？"

叶田田一惊，博士这最后净土，也要被朱放这种人污染："我回去问问他。"

"好！"朱放收回目光再次变得坦然。

叶田田望着朱放，他风流、奸诈、没道德底线，可他有钱，在社会上享有绝对的地位、荣华富贵和来自四面八方的尊重。

但她不想就这样向老桃子们低头认命。

她觉得面前坐着的不是一个人，而是一个时代，她所讨厌的、反抗的也不是这个人，而是这种人，或者说一种老去的观念。面前的这个苍老的人，他已经无法再承受真理和新鲜事物，只有靠着对昔日荣光的缅怀和别人对现有资产的恭维来维持内心的稳固。这些年他玩女人，搞得自己也越来越像女人。拼命往自己领地里去扒那些他曾经得不到，现在也无法拥有的，于是开始模仿女人，举手投足都带着娘气和阴柔。

可叶田田是个年轻女人，有思想，有自我；而老桃子已经老去，头脑里只剩苍白的教条。他的自我已经僵化成一块石头，曾经一个个柔软的爱情、理想、希冀被现实击碎，或许是股灾，或许是某些个女人，让他放逐了自我，迷失在了无生机的丛林中，像迷失在夜幕下的濒死的萤火虫，只剩微弱的呼吸和冰冷的光。

"我知道你在想什么，"看着许久未言的叶田田，朱放说道，"你一定鄙视我去读博士，觉得我道貌岸然。"

"我没有鄙视你，每个人都有向上的权利。"叶田田想起

《浮士德》里的一句话：魔鬼可是老年人，你们要懂得他，也得变老才行。

朱放脸上露出了略显尴尬但又释怀的微笑："我不像你们，我已经老了，属于我的快乐不多了，我也想重新体会下曾经没体验的生活，这不过分吧。"

听到这句话，叶田田突然很动容："不过分，你一点都不老。"

饭后，朱放问要不要送她，她说不用。朱放临走时还意味深长地瞟了她一眼，眼神的丝儿拉到老长，似乎伸出了钩子，想要把她钩住，以至于每次想到临别时的那个眼神，她都不寒而栗。

"既然不喜欢他为什么要去见他呢？"回来的路上，李乐宇一边开车一边气哼哼地问她，"也不告诉我一声！要不是我打电话过来，你是不是就不打算告诉我了？"

"欸，我没有不想告诉你，是朱放他说能不能单独吃个饭，你没来最好了，你不知道这顿饭吃得我有多恶心。"

"我一直觉得你很奇怪，你不喜欢的事物你为什么老是要靠近，为什么要去撩那些人？"

"什么，你不要乱讲话，什么叫撩？人活这世上，不喜欢的多了去了，与其躲啊藏的，不如主动靠近了解。"

"以后不许这样！"李乐宇气哼哼地说，"以后不许再单独见这个人。"

叶田田看着车窗外的霓虹不说话，在晃悠悠的车里竟然睡着了，还做了一个梦，梦里是一片向日葵的花海，暖烘烘的太阳，温柔的清风吹向她的面庞，一个声音隐约从远处传来——

向日葵每天都扬起希望的脸，
它们背对着黑暗，
那是它们所厌弃的，
从未放弃对阳光的追逐，
只要阳光升起，
一切又重新赋予了意义。

醒来已是第二天清晨，叶田田睁开眼，只见李乐宇在她的床头放了一幅画，那是一片向日葵的花海，画的右上方是一个小太阳，所有的向日葵整齐地看向太阳，整幅画无比温馨，透露着静谧和谐，她望着这幅画，旁边还有一封信——

田田，我知道你喜欢向日葵。

你知道元年吗？所有的事物在新的阶段都有初始的时间记录，我知道你过去看过很多黑暗，你也努力地在摆脱那些泥潭，你的内心澄澈得像水晶。不如尝试着彻底放下过去，让今年成为叶田田的元年，过去的，就当是一段故事，我们把它们整理好，放在回忆的书架上。你的未来就像这片向日葵花海，充满阳光和希望，所以请努力地和过去告别吧，记住今天是田田元年的第一天。

看着这封信，一股强烈的暖流从心间涌起，叶田田将头埋在枕头上，大哭了起来，当某一刻，一个人突然懂了，深切懂了、理解了一个东西，第一反应就是想哭。

她想着自己从业以来，见到了如此多的魑魅魍魉：失去人性的彭冰、压抑隐忍的周锦龙、暴戾乖张的陈剑、丢失灵魂的朱放、八面玲珑的Eva，以及总想傍大款的陶昕然，可是最终，她没有走向他们，她谁也没有臣服，最终成为她自己。她看着那幅向日葵，这种花总是向阳而生，将阴影留在身后，无论经历怎样的暴风骤雨，只要阳光出来，它们，立马扬起希望的笑脸。

"尽管这世间，最美好的爱情，最柔软的人心，最忠诚的友谊，最真挚的善意，只属于1%的人，可我只是想做那1%的人。"叶田田心里想，"小的时候读童话，那些幻想伴随着我快乐的童年，直到现在，那些童话似乎从未丢弃我，最终发生在了我的身上。也许那些不读童话的人，童话也抛弃了他们；也许这世界本来就是信仰的、希冀的，才会真正得到；也许那些变态的灵魂，也只是正义暂时的流放，我不愿涉足，但我理解。"

人有很多选择，人也懂得选择，可大多数人不懂，往往决定幸福感和减少折磨的，不是选择很多，而是选择了，就要坚定。那一刻，叶田田终于拨开了这些阴霾，想坚定地做个简单真诚、善良纯粹的人，只有面朝阳光，才能背对阴影。

2.

叶田田结婚的那一天，几乎所有人都到场了，下午四点的时候，宴会厅里已经坐满了宾客。

叶田田在化妆间里看着镜子，旁边坐着陶昕然和Eva。

这几年自己的变化还是挺大的，她比以前又瘦了许多，退去了婴儿肥，脸部的线条更加清晰，使得眼睛看起来更大，闪烁动人，叶田田从来不是传统意义上的美女，可她也眉清目秀，桃花眼，高鼻梁，嘴唇的形状像花瓣，正面看起来是鹅蛋脸，侧面又有着清晰的下颚线，额头挺括饱满，还有些微的美人尖，秀发乌黑浓密，皮肤有点像婴儿的肌肤，腰身盈盈一握，手指纤长，脚踝纤细，用化妆师的说法：是个从头发丝到脚后跟由内而外的气质美女。

听到这句评价，她感到很意外，这许多年，她似乎都没注意到这一点，真正意识到自己是个美女，竟然是在自己的婚礼上，她仔细观摩着镜中的自己，竟然有些认不出。有种恍如隔世的疏离感，这些年她不知活了谁的人生，到底此刻镜中的这个人是自己，还是过往的那个傻丫头是自己，她懵懂地坐在那里，陷入了沉思。

突然镜子中多了一个男人的脸，叶田田吓了一跳，原来是李乐宇，她回过头，刚要开启的笑容凝固住了，这个人，好像又不是李乐宇。但他和李乐宇真的很像，尤其是眉眼和鼻梁的间距，可是不同在神态，乐神态慈悲温柔，而眼前的这个人目光凌厉，还带着些许不羁和戾气。仔细一看，这张脸竟然这样眼熟，叶田田呆愣住了，好面熟的男人，突然脑海中浮现一个名字。

"辰……辰天？"

"你还记得我。"男孩笑了笑。

几年过去了，辰天的脸发生了很大变化，可轮廓眉目还一如从前。

叶田田惊讶得一时说不出话来，脑袋里塞满了疑问："你来干什么？"

"我来看看你啊，"辰天笑着说，"这么重要的日子。"

他说这句话的时候脸上带着尴尬的微笑，就像来见一个老朋友。叶田田感到一阵脊背发凉，没等她反应过来，李乐宇也进了化妆间，他穿着那身定制的西服，笑容在看到眼前的一幕时凝固住了。

看到这一幕的陶昕然瞬间明白了一切，Eva也一脸震惊。

"到底是怎么回事？"叶田田问，"你们两个到底是什么关系，怎么长得这么像？"

辰天看着李乐宇不说话，又看了看陶昕然开口说道："陶陶，你怎么在这里？"

"倒是我想问，你怎么会来？"陶昕然问辰天。

"我来揭穿骗子的谎言。"辰天看向李乐宇和叶田田："这个人骗了你，他冒充了我的身份，那十八个月真正陪你聊天的是我，而不是他。"

叶田田一下子蒙住了，她看着低头默不作声的李乐宇，又仔细观摩着辰天的脸，才发现他俩简直像双胞胎。

涌进化妆间的人越来越多。

"那你怎么证明你是乐呢？"叶田田问。

"我有我们从认识到现在的所有聊天记录。"辰天掏出手机，给叶田田看他们曾经的聊天记录，叶田田看着手机上的蓝色小头像，确实是那个网友"乐"，她突然想起李乐宇回来找自己的时候，自己由于过于情绪化，都忘记了进一步证实他的身份，她从没跟李乐宇要过以前的聊天记录，但是在交谈中，李乐宇也会透露那十八个月的聊天内容，所以她自己也没有在意。

"你这不足以说明什么，"李乐宇终于开口了，"黑客很容易盗取这一些信息。"

"我知道这不足以说明什么，我还带了这个。"辰天拿出叶田田的kindle（一款电子书阅读器）："还记得这个吗？你寄给我的。当时我生病了躺在医院里，你就把Kindle寄给了我，要我多读书。"

叶田田拿过Kindle，发现确实是自己用了八年的那个，账户名称都是自己的，看到失而复得的Kindle，她感到一阵欣喜，"真的是他！"她抬头望着辰天，那感觉如此熟悉，真的是乐，她伸出纤细的手，想去触碰他。还没等碰到他的脸，辰天就上前抱住了她。

"田田，我终于见到你了！"

他抱自己的一瞬间，所有丢失的回忆似乎都回来了，过往的一幕幕、一章章、一封封信历历在目，他陪她度过了一个个痛苦的，悲伤的，郁郁不得志、惴惴不得安的夜晚。在自己最绝望的一段时间，他将自己从空无一人的海洋中拉回人间。

意外、激动、悲伤，欣喜这些情绪交织在叶田田心里，她什么都说不出，也来不及分析辰天此行的动机，抱着辰天就开始哭了起来。

这突发的转折惊呆了在场的所有人，包括后进来的朱放以及叶田田的家人，婚礼已经被延迟了十分钟，可是这三个年轻人还在这里为纠缠不清的关系而痛哭流涕，李乐宇的脸上写满尴尬、悲伤，以及愤怒，看着眼前两个人抱在一起无声胜有声地哭泣，忘记了周遭的一切，化妆室里的人越来越多，叶田田抬头，发现周围竟然站满了人。

看到周围人惊讶的表情，叶田田才猛然想起，今天自己是个新娘，于是如梦初醒一般猛然推开了辰天。抬头望着新郎：落寞、失望、愤怒，是的，愤怒，叶田田从未看到李乐宇有过这样的情绪，转过头又看到辰天不甘的眼神中带着悲伤，那眼神像利剑一样瞬间穿透了叶田田的心。她开始慌了，站在那里手足无措，不知道往哪边走，这时一只温暖的手拉住了她，她看到了妈妈，便抱着母亲哭了起来。

"倒是说句话呀！到底谁是李乐宇？"陶昕然娇滴滴的声音问道，"你们俩把这件事交代清楚。"

此刻所有人都在好奇，面前四目相对，怒目而视的两个人与新娘之间到底有怎样的纠葛。

一直以来陪自己聊天、和自己网恋的不都是李乐宇吗？辰天只是个和他相似的路人，叶田田充满期待地看向李乐宇，等待着他的解释。李乐宇的表情看起来很为难，看着叶田田的眼神犹豫了半天才缓缓说道："实际上，我确实不是乐。"

叶田田惊讶地用手捂住嘴巴，空气中充斥着尴尬的宁静。

"是我盗用了他的身份，你一定想知道为什么。其实早在你和辰天认识之前，我就认识你了，你还记得我和你讲的那段在纽约的经历吗？那是真实的。从那个时候我注意到你，到喜欢上你，我都没有骗你，唯一骗了你的是……"

李乐宇停了下来，他看着叶田田欲言又止。

"是什么？你倒是快点讲啊。"陶昕然催促道。

"你家的窃听器是我安装的。"李乐宇说。

田田妈有些听不下去了，别过脸去不看眼前的几个年轻人。

李乐宇继续说道："但我并不是要伤害你，我只是想更了解你，怕你有危险。"

"我能有什么危险？"叶田田说，"你最好把所有的事情都讲清楚。"

"好，好，你先别生气，我都和你讲清楚。"李乐宇开始缓缓说起来，"其实从你回国后，我很快就回来了。我的本科是在波士顿大学读的，彭冰是我同学，于是我从彭冰那里了解到你的一些信息。但是太少了，可也是通过彭冰，我知道了你有个叫乐的网友，你那样爱他，以你的性格，我知道那时我介入，没有机会，于是我在一次你和陶昕然吃饭去洗手间的时候，从你的手机里窃走了数据，获得了你和乐的全部聊天记录。在那天你从陈剑办公室离开走到黄浦江边的时候，我知道最好的时机来了，因此以乐的身份出现在你面前。"

叶田田惊得一句话也说不出,她呆望着李乐宇。

"你这个小偷,"辰天说,"从我出现你就看到了,叶田田她爱的是我,你从始至终都是我的替代品。"

"那你为什么现在才出现呢?"李乐宇说,"当初是你主动放弃田田的,我本来也没打算介入,但是田田因为那件事很伤心,你既然选择了什么网红睿睿的,选择抛弃叶田田,为什么现在还要出现?"

"因为我不甘心。那时,是我陪她一晚一晚地聊天;她写的文字尴尬得要死,是我从头到尾一个字一个字地读下来;她事业上受打击,哭唧唧要死要活时,是我在旁边安慰她,那时候她像抓住最后一根稻草一样缠着我。"那一刻辰天的眼神中出现向往的神色,过去的一切就像昨天刚刚发生,从未远去,"我一直不出现是因为有难言之隐,可我现在回来了,无论怎样,我是真实的乐。叶田田,你不是做梦都想见到我,和我在一起?现在我就在你面前。"

辰天一把拉过叶田田的手腕,因为用力过大,将她的手腕都勒红了。

叶田田冷漠地看着辰天,那一刻她的心情是复杂的,虽然这些年自己经常梦到他,但是那份最早期的悸动和爱意早就磨平为一种思念的习惯,她又看了看李乐宇,他像个孩子一样望着自己,一瞬间她笃定了想法,挣脱开辰天的手说:"已经过去了,我们都放下吧。"

辰天刚刚燃起希望的眼神瞬间暗淡了下来,旋即一股火焰从漆黑的瞳孔里升腾而起。"可是我才是乐。"辰天愤怒地吼道，"你懂不懂？我才是你爱的人。"

叶田田靠向李乐宇，背对着辰天说："都过去了，我对你的感情早就放下了。"

"可是我放不下，"辰天的眼眶开始泛红，声音也开始哽咽，"你知不知道你把我删除后我有多难过？！但是更令我感到难过的是你对我的误解以及对我的鄙视，一开始我非常恨你，我发誓我要赚很多钱，也要闪闪发光，让你有一天也能看到我，甚至看到我的幸福。要不是舍不得伤害你，我早就把你删了，我足足陪伴你十八个月，给了你真正的鼓励和支持，给了你耐心和陪伴，你爱的人和灵魂都是我，都是我！你现在就用这种方式回报我的？这个男的一出现你就走了？"

这一番真挚的表白让叶田田无法不动容，她没有想到这个故事在辰天这里竟然会是这样的一个版本，他自己成了付出的痴心汉，可他忘了自己先找了女朋友，他自己先开始玩失踪，他自己用假照片伪造百夫长银行卡、别墅、车子、在各地旅游的经历，也是他一直都在欺骗叶田田吗？她对辰天说："其实我经常夜里回想起你陪我经历过的那些重要时刻，早在美国时我就发现了李乐宇是假的。"说到这里她望向李乐宇，李乐宇也惊讶地看着她，叶田田又转向辰天继续说道，"尽管你是骗我的，可是你的谎言也陪伴鼓励了我，这几年我经常怀念被你欺骗的时光，那个时候我是充满信念感的，觉得终有一天我们能相见，我觉得你说的什么都对，对过去经历的苦难不再害怕，觉得满眼都是未来，我经常等你的消息等到大半夜，因为有你的隔空陪伴，所有的努力有了意义。"说到这里，叶田田的眼泪也落了下来，"所以即便是知道你骗我那一刻，我也希望见到你，不管你什么身份，长什么样，甚至后来李乐宇出现在我身边，你的那张脸都在我的脑海里磨灭不去，我知道李乐宇不是你，你们长得再像，我都能区别出来。我经常偷偷对着你的照片流眼泪，就好像自己的一部分灵魂消失了。你的到来教会了我敞开心扉，你的离去让我学会真诚而独立地面对社会上的其他人，所以我一直感激你，只是这份感激一直以来都不能够亲自跟你诉说，而今天刚好。"

"你这话什么意思？"由于激动，辰天的眼睛红得像要滴血了，"你知不知道为了你我付出了多少？"

"我知道，"叶田田说，"可是现在晚了，太晚了，我很想问你很多问题，很不甘，很想尝试我们是否能够穿越那些谎言在一起，可这些想法都发生在两年前，我知道你骗我后的那几个夜晚，连着好几天没睡觉，头发一把一把地掉。可现在我爱的是你对面的这个人，即便他不是乐，可是我也爱上他了，你喜欢的叶田田也在两年前发现你是辰天的时候，一并死掉了，我没想到你还一直耿耿于怀。"

辰天摇了摇头："你还是没有理解，和你断联是因为我有难以诉说的理由，并不是为了戏弄你或者移情别恋。我知道我即使出现在你的身边，你也不会接纳我的，你那样有思想有野心，是不会愿意和我一起在小县城过那种日子的，后来你去了美国就证明了一切。可就是因为你这样的特质，我爱你。我选择了睿睿，因为她像母亲一样填补了我那段时间心里的空缺。可是有一天我发现外在的一切都是徒劳的，因为我的心里还是放不下对你的思念，我有很多钱，我是个帅哥，任何美女都会轻易爱上我，可我也极其空虚，于是我又开始翻看你写给我的那些信，我知道你在上海金融圈过得并不开心。我反复地读你写给我的那些信，越读就越是感到气愤，别人伤害你，会比伤害我自己更令我难过，于是我暗自发誓要替你解决这一切，所有的，让你讨厌的人，你什么都不必承担，一切交给我好了。"

"你什么意思？"叶田田心陡然一紧。

正在此时一群警察赶到了现场，为首的乔悠走到辰天面前："你就是辰天吧，跟我们走一趟，我们怀疑你和四个人的死亡有关联。"

"你们终于来了，"辰天的脸上挂上了一抹释然的坏笑，"我等这一天等了很多年了，凶手确实在现场，不过不是我，而是另有其人。"

此刻所有人的注意力都投在了辰天的身上，只见辰天缓缓抬起手指向朱放。

3.

在场宾客一阵哗然，纷纷望向朱放。朱放的脸色铁青，双目黯淡无神，就好像瘪了气皱巴巴的气球，他怔怔地望着辰天，打从一开始看到这两个人，他就明白了一切。

"好孩子，你……你们。"朱放看着面前的两个男孩子，一时间激动得竟不知说什么好，"你说的母亲去世，是她吗？"他看着辰天问。

"没错，就是你的发妻，我的生母，她已经去世了。"辰天对着大家说，"就是这个人抛弃了我们兄弟俩，离婚的时候，他带走了李乐宇，那时我们还没有满月，他把我和母亲留在河南乡下老家就不再管我们了。"

"我曾试图弥补你们母子，可是这两年我找不到你了。"朱放带着哀求的语气说。

"你闭嘴，你没有资格来教育我，既然没有想好，你为什么要生下我？既然生下了，又为什么不负责？今天这一切都是你造成的！当初你炒股失败欠了巨债，母亲帮你四处筹钱，后来你用这些钱翻了身发了家，竟然翻脸不认人，你不仅没有还掉那些钱，那是母亲亲朋好友的钱，甚至还和母亲离了婚，要不是母亲哀求着，你甚至要将我也带走。但凡你有一点人性，也不至于有今天的场面。你风流贪婪极其自私，为了满足你的虚荣心，很快就在上海又娶了一个老婆，和她过着快乐逍遥的生活。"

"别说了，不要再说了。"朱放恳求道。

看到朱放恳求自己，辰天的脸上显示出了复仇后的笑容。

"你说得不对，"李乐宇看着辰天说，"我来纠正一下吧，实际上朱放并没有娶第二任妻子，由于担心分割财产，朱放与第二任妻子只是摆了婚宴，但是没多久朱放也厌倦了上海的老婆，有了别的女人，上海的这个老婆忍受不了这种生活，于是带着双胞胎哥哥离开了。"

"她今天来了吗？"朱放问李乐宇。

李乐宇没有说话，目光却望向Eva。

朱放也看向Eva，他突然觉得眼前的女人这样眼熟，虽然看得出她经历过医美的过度包装，可她仍然是个美女。

"是你吗？"朱放问Eva，"小洁。"

Eva冷漠地望着朱放没有说话。

朱放又看向李乐宇："我的乖儿子，来，给我看看，你都长这么大了。"

此刻，在场宾客全都惊讶得默不作声，戏剧性的氛围已经达到了顶点，众人翘首以盼接下来还有什么大的反转。在场宾客又将目光都投向李乐宇，两兄弟也互相注视着彼此，不言而喻，李乐宇就是那个哥哥，这一对双胞胎兄弟时隔几十年今天在这里第一次碰面了。

许久，李乐宇对辰天说："其实最早当我窃取叶田田手机数据看到你的照片的时候，我就开始怀疑我们的身份了，于是我暗中查了你的档案，发现几乎没有你的资料，很显然你的身份已经包装过一次了，你原来的名字不叫辰天。"

"我也调查过你，"辰天不甘示弱地说，"你以为你做的这一切我就不知道吗？你刚和叶田田在一起时，我暗中跟踪了你们很久，实在不明白你的动机。可原来你的名字也不叫李乐宇。"

"你们两个，一个叫朱小宇，一个叫朱小辰，"这时朱放开口说道，"我的孩子们啊，让我看看，这三十年你们竟然成长这么多。"

朱放卑微地伸出手去想要拥抱辰天，却被他一把推开："你个老浑蛋，我们早已经不是你的孩子了。"

"我看你们还是回去再父子相认，我们今天是来抓人的，辰天，你必须跟我们走一趟。"乔悠说罢便要上前逮捕辰天。只见辰天一个躲闪，绕到朱放身后，左手勒着朱放的脖子，右手拿着一把枪，向后退了好远。

"不要过来。"

众人一惊，乔悠连忙按住将要冲上前去的警察："那可是你父亲。"

"哼，他也配，"辰天冷笑着说，"我会跟你们走的，但不是现在。"

"我劝你还是不要继续错下去，"乔悠说，"虽然你杀了人，但你揭发陈剑和董玉岭，这些事可以将功补过，或许可以减刑，但你现在要收手了。"

"我没揭发他们，"辰天说，"你根本没有调查清楚。"

乔悠目光坚定地看着辰天，这时一旁的李乐宇说话了："是我揭发的，是我向公安局寄送的举报材料，并且你们所寻找的在市场上暗中狙击上市公司账户的人也是我，这一切都与辰天无关，你应该带走的是我。"

"到底怎么回事？"叶田田看着两人问，"你们俩是不是都跟那三起命案有关？"

"和他没有关系。"辰天说道，这短暂的相认，竟让他对眼前的双胞胎哥哥产生了手足情谊。

"你不要做傻事！"陶昕然突然站出来说，"这么多年了，你还是这么冲动。"

辰天看着陶昕然，眼眶竟然变红了，他声音哽咽着说道：

"陶陶，能再次见到你真是太好了，我对不起你，但我今天是走不了了。"他又将头转向叶田田，"所以田田你必须知道这一切。失去了与你的联系，你可知我有多么后悔。就像是灵魂从体内被抽走了，自己成了一具空壳，我成了一个怪物。我不停地去回忆我们的点点滴滴，你写给我的那些文字，去分析、琢磨、细品、揣摩你的意图和性格，体会你的惆怅。我渐渐地爱上了这种感觉，渐渐地我与你的灵魂似乎融为一体了，渐渐地，你的痛苦全部转移到了我的身上。我感受着那些大佬对你的压迫，感受到你的无助，感受到你对这些人的痛恨，我不停地一夜一夜去翻看那些信件，终于有一天，你的快乐成了我的人生使命，于是我下定决心要帮你干掉他们。彭冰是我杀的，他死后，我莫名感到一阵快感，就好像替天行道，不仅帮你解决了敌人，还洗刷了我从小所遭受的不公与被抛弃的耻辱。于是下一个就是周锦龙、陈剑、董玉岭，接下来还有。"他手中的枪用力地顶在朱放的太阳穴上，"这个万恶不赦的人，本来我早想解决了他，但是在调查他资料的过程中，竟然发现他就是我的父亲。"

"不，我求你，停止吧。"朱放带着一阵哭腔地恳求，辰天的眼里没有一丝怜悯，反而充满了复仇的快感，他没有理会朱放，继续说道："我的母亲死后，我对一切都想明白了，我知道你这些年来找过我们，我也知道你心里还惦记着这份亲情，可是相比亲情，你更爱你的面子和荣誉，你在社会上的地位。于是我发誓永远不靠你，于是我整了容在网络上赚钱，也发誓有一天一定要让你恶债恶偿。认识了叶田田之后，我才发现原来你是她的前老板，机会终于来了。现在你破产了，不仅如此，你现在的小女友也将不再理你，你身边所有人都会离你而去。你现在真是可怜又孤苦无依的老人。"

"破产了？"陶昕然一声尖叫，"你说什么？他破产了。"

"看来大家还都不知情这件事。"辰天嘴角挂起了一抹邪恶的笑容，"你们大概还不知道，这个男人此刻弹尽粮绝不说，还欠了一屁股的债，只是维持表面上的风光，其实在几年前就已经被掏空了。"

"你是什么时候破产的，为什么不早点告诉我？"陶昕然扯着嗓子问朱放。朱放低着眼帘不去看她，也不说话。

"两年前了。"李乐宇略带冷漠的声音传了过来。

"哈哈哈，多行不义必自毙，朱放的钱本就来路不正，这种钱迟早是要回归到资本市场的。"辰天看着在场所有人说，"所有的不义之财都不会长久，所以陈剑、彭冰等人也最终不会有好下场。"

"朱小辰，"发声者是Eva，"朱放本就是颗资本弃子了，他的命运早已注定，这类人本就是国家社会所不能容忍的败类。可你年纪轻轻，要知道及时收手，现在还来得及。"

"来不及了，"辰天说，"我今天来，就是要你们看看这个人，我的亲生父亲的真面目，我要你们都记住，这些贪婪的资本赌徒的嘴脸，他们不仅给这个市场带来了危害，更让我们的家庭支离破碎，我的母亲到死都没有安息，而我从小饱受抑郁的困扰，时常被送去精神病院，我的哥哥在国外也一直被追杀。"

听到这些，在场宾客无不动容，许多甚至落下了眼泪。

"孩子，可是这一切都是你的亲生父亲，朱放造成的，不该你来买单。"Eva说，"你本该拥有幸福的童年，温馨的家庭，这也是我一直以来努力给朱小宇营造的。这些年，我们母子在国外不容易，但好在他现在成才了，并且放下了仇恨。"

"辰天，你放了朱放吧，"陶昕然也哀求道，"当初也有我的原因，要不是我曾经太绝情地对待你，你也不会如此极端，但是你杀了他，也没有什么用，只会走上万劫不复的路。"

"我从来没有怪过你，"辰天说，"你是我的初恋，我比谁都了解你，很早以前你就不满足于小城镇的生活，向往外面的世界，这些年你在外打拼闯荡我从没怨过你，我希望你好，可是我不理解，为什么你偏偏要选择朱放，这个十恶不赦的老年人。"

"你别激动，"陶昕然双手悬在空中，试图安抚辰天，"我也没想到你就是叶田田的网恋对象，不知道你什么时候换了住址，一开始叶田田说到你的时候，我只觉得有些像，但竟不知就是你。"

"其实我到今天都想问，当初你为什么那么坚决地走掉？"

"其实你误会了，我并不是因为贪财或者想要更多，而是因为你的性格，我实在受不了，你有严重的精神疾病，经常将自己的情绪推向两极，导致我的精神也出了问题。离开你后，我考了戏剧学院，在上海一步一步走到今天。是我对你不好在先，但是你也要反思自己的问题，不能什么都推给别人。"

"其实朱放的账户也是我狙击的，一直以来我和辰天做的事情都很相似，只是方法不同，所以你们应该带我走。"李乐宇看着乔悠说。

"你们竟然还在为辰天求情，你知道那个一直追杀你全家的人是谁吗？"乔悠对李乐宇说，"我已经跟踪你的案件很多年了，其实一直以来追杀你全家的就是辰天的母亲。"

4.

李乐宇的脸上呈现出难以置信的表情，此刻情节已经离谱到了极点，聚拢过来的宾客也越来越多，楼下的警察也越来越多。

"但她的目的并不是杀了你们，她虽然嫉妒你的继母，"辰天看了一眼Eva说，"但她更想夺回你，她一直以为是那个女人抢走了她的男人和大儿子，因此总是想夺回你，你要记得，无论母亲做了什么，永远都是为了爱你。这能怪她吗？这一切的始作俑者是谁？"辰天用力地将枪口抵住朱放的太阳穴，这个六十多岁的老人快要昏厥了。辰天继续说："可他从未遭受任何报应，反而过得很好，这一切公平吗？父亲的错不该叫母亲买单，那些打着爱的名义的救赎是多么不值得。"

李乐宇的眼眶也开始泛红，他低下头，几近绝望地盯着地面。许多错误已经覆水难收，许多结局从开端就已注定，可这一切是非对于自己来说又太难抉择。养母Eva养育了他，对他来说就是如同生母般的存在，可是生母竟然一直在追杀她和自己。他很痛心地看着朱放和辰天，哦不，他叫朱小辰，是自己的亲弟弟，可是上一辈的仇恨现在却全部转移到了两个无辜的孪生兄弟身上。

辰天继续说："我们的母亲，她死于器官萎缩。她徘徊在死亡边缘近一年的时间，时刻被疼痛折磨，被死亡的恐惧笼罩。她生命中的最后时光，宛如夕阳下的湖面，被隔壁的山投下了浓浓的阴影，看不到色彩的余晖，只有黑白灰的深色调。即便饱受折磨，她还是留恋这个人世间，看过了生命的色彩和浮华，最后的这段是她生命中最静谧的时光，既笃定又不舍。人之将死，不必再为虚幻的假象去苦心经营，真实的爱都在内心涌现。她想念她的大儿子朱小宇，想念朱放，这个毁了她一生的男人，想念所有爱过的人。还没有准备好，就要这样告别了；还没有说再见，就这样走了。她死后我开始思考生命的意义，人存在的意义，我觉得更加孤独，潮水总会退去，再丑陋的沙滩总是要面对阳光。一个人来时带着所有人的爱，走时怀揣着那些爱，如果说有些东西能够一直陪伴我们到生命的尽头，燃尽生命的烛芯，不是房子，也不是钱，是爱，对你和我，自你被夺走后，她还从未见过你，爱让母亲不舍人世间，爱让她坚持化疗。余生的时间那么短也那么长，死亡带给人最大的启示，我想应该是放下与原谅，如果有一天，彼此都要说再见，如果有一天我们知道这是最后一面，如果有一天只是从别人那里听到我爱的人的消息……"辰天望着叶田田，"我做了太多的错事，已经无法挽回，但我希望你知道，我原谅一切的过往以及我曾经爱过你。我曾经爱过的你，是我生命的一部分。我有勇气在世间行走，有一部分功劳属于你。你是我生命中出现过的最亮的光！"

辰天眼神望着远处，一副沉浸其中的模样。这时，乔悠一个箭步冲了上去，想要夺下辰天手里的枪，然而没有成功。李乐宇也趁机推了一把辰天，将被牵制的朱放解脱出来，三个人厮打滚作一团。

"你为什么要帮他？"辰天握紧了枪指着李乐宇的头问。

"我不是帮他，是不想你继续步入深渊，我希望你活着。"李乐宇说。

"我活着，和死了没什么分别，"辰天痛苦地说，"我们是一个母亲所生的同卵双胞胎，为什么你什么都有，而我却失去一切？"

叶田田看到眼前这一幕，哭着求辰天："我知道命运对你不公，可是想想你们的生母，她一定不希望看到你们兄弟俩这样，这一切都是朱放的过错，我们为什么要承担这一切？求求你，放下枪，他是你亲哥哥啊。"

"太晚了，"辰天说，"我的心已死了。"

辰天带着一种绝望得能穿透人心的眼神不甘地看着李乐宇，突然嘴角泛起了一个坏笑，扯过李乐宇的衣领抱起他向楼下纵身一跃。

"别这样。"朱放大喊一声，连忙上前拉住李乐宇的手，警察也上前抓住朱放。好在及时，朱放的身体已经搭在了高楼的栏杆上，他双手紧抓着李乐宇，可辰天却不幸跌落了下去。

随着轰的一声巨响，一楼的大理石地面上渗出一摊血水。叶田田顿时晕了过去，朱放发了疯似的冲向楼下，看着自己的小儿子。辰天的眼睛还睁着，似乎还有一丝气息。

"这一切，都……都是你造成的。"辰天看着朱放说出了最后一句话。

朱放看着面前死去的辰天，目光呆滞地怔了很久，突然又像想到了什么一样，目光变得凶狠而有力量，他抬头张望了下人群，锁定了几个年轻的女性。

"不要紧，只要活着就有希望，我……"他对着人群喃喃地说，"我是亿万富豪，你们……你们当中有人愿意给我生孩子吗？我来养，我出高价。结婚……结婚也可以。"

周围的人不说话，默默地看着这个近乎发疯的老年人。倏地，朱放好像又想起了什么似的，眼神黯淡了下去，喃喃自语说着别人听不懂的话，倏地又抬头目光再次变得凶狠坚毅："不要紧，这个孩子一定不会再像他俩那样了，我会好好教育他。"

他这样反复了好几遍，围观群众已经开始叫120，乔悠无奈地望着他。这个跟踪案件的警察，他知道这一切，这一切都是朱放造成的，可是他没法逮捕朱放，因为朱放没犯法。

突然朱放开始脱上衣，紧接着脱裤子，人群中传来一阵惊叫，朱放此刻一丝不挂开始在大街上奔跑了起来，速度越来越快，周围人都追不上他，他疯了。

夏天的蝉啊，叫得人耳鸣，它们隐藏在不知道哪里的树荫下、草丛中，热浪一来，震耳欲聋的声浪此起彼伏，对于蝉来说，鸣叫一个夏天，死去，全部的"蝉生"意义便结束了。像极了人的缩影，在最热烈的人生年华，疯狂叫嚷着，热烈消耗着，随着秋风渐起声音渐低，最终油尽灯枯，人生的意义结束了。

一年后，叶田田所在的医疗器械公司在A股上市了，这个由马博士带领的高水准团队由于很好地填补了国内医疗手术机器人市场空缺，又顺利地得到了主流资本的加持，从初创到上市都走得异常顺利。不仅如此，由于国家这几年加大了金融市场的整顿力度，以高科技利国利民为宗旨的上市企业越来越多，叶田田在资本市场也很少再见到陈剑、朱放这种不择手段的赌徒。

叶田田也顺利成为这家A股上市的医疗器械公司的董秘，负责对接各类资金资源，许多对外事务的处理都由她来抉择。回顾过去，她经常感慨这短短的几年，资本市场竟发生了如此大的变化，许多以见不得光的手段牟利的从业者得到了惩戒，整个市场得到了更有力度的监管。

此后的日子是她一生中最幸福的日子，她终于不再做噩梦，甚至很少做梦。回顾过往的这段经历，她仍然觉得幸运，自己能够在年纪轻轻的时候就见证了市场的发展，并且及时做出了正确的选择。还好自己的爱人是个正直善良的人，李乐宇凭借着多年的人脉资源以及优秀的编程技术，创立了一家量化交易基金公司，公司里的员工几乎都是程序员，这使得大家的办公氛围都非常简单淳朴。经历了这许多的波折，叶田田终于意识到，做个踏实平凡的普通人才是真正的幸福，因此性格变得更加温和。她和李乐宇去了很多地方旅行，将旅行的游记等结集出版，顺带成了小有名气的作家，她很知足，自己选择了正直的李乐宇和蓬勃向上利国利民的医疗行业，曾经的那一段过往，于她而言，更像是真正的人生路上的地标，告诉她什么样的人和事是不值得的，以及什么样的事业是能使自己甘之如饴去献身的。

好在她仍然年轻，内心充盈而坚定，她还可以做梦，她持续地行走在路上，期待实现更多美丽的梦。那幅向日葵，一直挂在她的床头，时刻提醒她："你热爱光明，就要直奔它，将阴影甩在身后。"叶田田曾经的错误认知，是以为惧怕阴影，便要去拥抱阴影，直到最后和阴影融为一体，陈剑如此，彭冰如此，朱放亦是如此。

可今后的人生，无论择业交友还是选择项目和同事，叶田田都会向着自己的热爱以及光明温暖的方向，就像向日葵，只有面朝阳光，才能背对阴影。